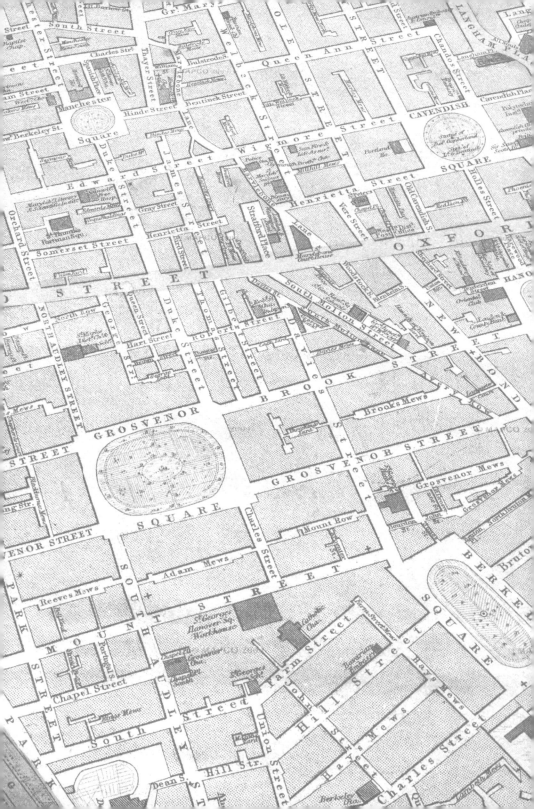

EL VALLE del MIEDO

ALMA CLÁSICOS ILUSTRADOS

EL VALLE del MIEDO

Traducción de Silvana Appeceix

Ilustrado por
Fernando Vicente

Título original: *The Valley of Fear*

© de esta edición:
Editorial Alma
Anders Producciones S.L., 2021
www.editorialalma.com

[instagram] @almaeditorial
[facebook] @Almaeditorial

© de la traducción: Silvana Appeceix
Traducción cedida por Ediciones Akal, S.A.

© de las ilustraciones: Fernando Vicente

Diseño de la colección: lookatcia.com
Diseño de cubierta: lookatcia.com
Maquetación y revisión: LocTeam, S.L.

ISBN: 978-84-18395-32-1
Depósito legal: B13399-2021

Impreso en España
Printed in Spain

Este libro contiene papel de color natural de alta calidad que no amarillea (deterioro por oxidación) con el paso del tiempo y proviene de bosques gestionados de manera sostenible.

Índice

PRIMERA PARTE: LA TRAGEDIA DE BIRLSTONE

La advertencia 9

Sherlock Holmes da un discurso 19

La tragedia de Birlstone 29

Oscuridad 41

La gente del drama 55

Una luz incipiente 69

La solución 83

SEGUNDA PARTE: LOS SCOWRERS

El hombre 103

El maestro del cuerpo 113

Logia 341, Vermissa 131

El valle del miedo 149

La hora más sombría 163

Peligro 177

La captura de Birdy Edwards 189

Epílogo 201

Primera parte:

La tragedia de Birlstone

La advertencia

—**M**e inclino a pensar... —dije.

—Yo debería hacer lo mismo —comentó Sherlock Holmes con impaciencia.

Me considero uno de los mortales más sufridos, pero confieso que su interrupción irónica me molestó.

—De veras, Holmes —dije, severo—, a veces es usted un poco irritante.

Se hallaba demasiado absorto en sus propias meditaciones como para responder inmediatamente a mi protesta. Se apoyó sobre su mano, con el desayuno intacto delante, y fijó la mirada en el papel que acababa de sacar del sobre. Luego, tomó el sobre, lo acercó a la luz y con mucho cuidado estudió el exterior y la solapa.

—Es la letra de Porlock —dijo pensativamente—. Solo la he visto dos veces, pero no hay dudas de que es su letra. La é griega con la peculiar floritura arriba es muy distintiva. Pero si es Porlock, entonces debe ser algo muy importante.

Hablaba más para sí mismo que para mí, pero el interés que despertaron sus palabras sustituyó a mi enojo.

—Entonces, ¿quién es Porlock? —pregunté.

—Porlock, Watson, es un *nom-de-plume*, una simple señal de identificación, pero detrás de ella se esconde una personalidad muy evasiva. En una carta anterior me informó con mucha sinceridad de que ese no era su nombre y me desafió a que intentara rastrearlo entre los millones de personas que viven en esta gran ciudad. Porlock es importante, no por sí mismo, sino por el gran hombre con el que tiene tratos. Imagínese usted al pez piloto junto al tiburón, al chacal junto al león... cualquier cosa que sea insignificante en compañía de algo formidable. No solo formidable, Watson, sino siniestro, pero siniestro en el nivel más alto. Por eso lo tomo en cuenta. ¿Alguna vez me escuchó nombrar al profesor Moriarty?

—El conocidísimo científico criminal, tan conocido entre los criminales como...

—¡Por Dios, Watson! —murmuró Holmes con tono de desaprobación.

—Estaba a punto de decir «como desconocido entre el público».

—¡Apenas! ¡Un apenas evidente! —exclamó Holmes—. Usted, inesperadamente, está desarrollando cierto agudo sentido del humor, Watson, contra el cual debo aprender a defenderme. Pero, al llamar a Moriarty criminal, usted lo está difamando, según la ley. ¡Allí reside la gloria y la maravilla de todo esto! El maquinador más grande de todos los tiempos, el organizador de todas las entregas, el cerebro que controla todo el mundo criminal, una mente que pudo haber cumplido o destruido el destino de las naciones. Ese es el hombre. Pero se mantiene tan lejos de cualquier sospecha, tan inmune a toda crítica y tan admirable es su forma de manejarse y su humildad, que, por esas palabras que usted ha dicho, podría llevarlo a juicio y quedarse con su pensión anual, Watson, como un *solatium* para su personalidad ofendida. ¿Acaso no es el afamado autor de *La dinámica de un asteroide,* un libro que asciende a tan raras cuestiones de matemática pura que se dice que ninguna persona de la prensa científica puede criticarlo? ¿Se puede calumniar a semejante hombre? ¡Doctor maleducado y profesor difamado, así le llamarían! Eso es genio, Watson. Pero si los hombres menos dotados me ayudan, nuestro día seguramente llegará.

—¡Ojalá esté presente para verlo! —exclamé con devoción—. Pero usted estaba hablando de ese hombre Porlock.

—Ah, sí. El llamado Porlock es un eslabón que se inserta en la cadena no muy lejos de su cabeza. Entre nosotros, le confieso que Porlock no es un eslabón muy sólido. Es el único fallo en toda la cadena, hasta donde he podido probarla.

—Pero ninguna cadena es más fuerte que su eslabón más débil.

—Exacto, mi querido Watson. Por eso Porlock es tan importante. Guiado por toscas aspiraciones a hacer lo correcto, y alentado por juiciosos estímulos de diez libras que le llegan a través de métodos indirectos, me ha dado un par de veces información de primera mano muy útil, de la mayor utilidad, ya que me ha permitido anticipar y prevenir los crímenes en lugar de vengarlos. No tengo dudas de que, si tuviésemos la clave, hallaríamos que esta comunicación es del tipo que he nombrado.

De nuevo Holmes alisó el papel sobre su plato limpio. Me levanté y, agachándome sobre él, observé detenidamente la curiosa inscripción, que decía lo siguiente:

534 C2 13 127 36 31 4 17 21 41
DOUGLAS 109 293 5 37 BIRLSTONE
26 BIRLSTONE 9 127 171

—¿Qué opina de esto, Holmes?

—Sin duda es un intento de enviarme información secreta.

—Pero ¿de qué sirve un mensaje cifrado si no tenemos la clave para descifrarlo?

—En este caso, no sirve para nada.

—¿Por qué dice «en este caso»?

—Porque existen muchos códigos que yo puedo leer tan fácilmente como los apócrifos de la columna de avisos: ardides burdos como estos entretienen la mente sin cansarla. Pero esto es diferente. Sin duda son una referencia a las palabras de la página de algún libro. Estoy maniatado hasta que me digan el número de página y en qué libro está.

—Pero ¿por qué «Douglas» y «Birlstone»?

—Sin duda son palabras que no aparecían en la página en cuestión.

—Entonces, ¿por qué no indicó el libro?

—Su astucia natural, mi querido Watson, esa agudeza innata que deleita a sus amigos, seguramente le impediría encerrar en el mismo sobre la clave y el mensaje cifrado. Si cayera en las manos equivocadas, usted estaría muerto. De esta forma, ambas cartas tienen que perderse para que le suceda algo malo. Nuestro segundo correo llega ya con retraso, y mucho me sorprendería si no contuviera una explicación o, lo que es más probable, el libro al que se refieren estos números.

Los cálculos de Holmes se cumplieron pocos minutos después cuando apareció Billy, el mensajero, con la carta que esperábamos.

—La misma letra —comentó Holmes mientras abría el sobre—, y está firmada —agregó con voz alegre al mismo tiempo que abría la carta—. Vea, Watson, estamos progresando.

Su rostro se ensombreció, sin embargo, al ojear el contenido.

—¡Por Júpiter! Esto es muy decepcionante. Me temo, Watson, que todas nuestras expectativas se desvanecen. Confío en que este hombre, Porlock, saldrá sin problemas de esto.

> Querido Sr. Holmes:
>
> No indagaré más en este asunto. Es demasiado peligroso. Sospecha de mí. Me doy cuenta de que sospecha de mí. Vino inesperadamente después de que yo hubiera escrito la dirección en el sobre con la intención de enviarle la clave del cifrado. Pude inventar una excusa. Si lo hubiese visto, las cosas habrían ido muy mal para mí. Pero leo la sospecha en sus ojos. Por favor, queme el mensaje cifrado, que ya no puede serle de utilidad.
>
> Fred Porlock

Holmes se sentó por espacio de unos minutos, retorciendo la carta con los dedos y frunciendo el entrecejo mientras observaba la chimenea.

—Después de todo —dijo finalmente—, puede ser que no haya nada en todo eso. Quizá sea solo su conciencia culpable. Sabiendo él mismo que es un traidor, pudo haber leído la acusación en la mirada del otro.

—El otro es, supongo, el profesor Moriarty.

—Nada menos. Cuando cualquier miembro de ese grupo dice «Él», ya sabes de quién está hablando. Solo hay un «Él» que predomina entre todos ellos.

—Pero ¿qué puede hacer él?

—¡Hum! Esa es una pregunta muy amplia. Cuando te enfrentas a una de las mentes más grandes de Europa y todas las fuerzas de la oscuridad están de su lado, surgen infinitas posibilidades. De cualquier manera, nuestro amigo Porlock evidentemente está fuera de sí de miedo. Compare la escritura de la nota con la que aparece en este sobre que, según nos dice, fue escrito antes de la malhadada visita. La primera es clara y firme, la otra es apenas legible.

—¿Por qué le escribió después de todo? ¿Por qué no se olvidó de todo el asunto inmediatamente?

—Porque, si hacía eso, temía que yo preguntara por él y lo metiera en problemas.

—Sin duda —dije—. Claro que —había levantado el primer mensaje cifrado y lo observaba fijamente— es muy irritante pensar que ese pedazo de papel pueda contener un secreto importante que ningún hombre ahora puede descifrar.

Sherlock Holmes había apartado su desayuno intacto y había encendido su desagradable pipa, que era la compañera de sus meditaciones más profundas.

—Me pregunto... —dijo, inclinándose contra su silla y mirando el techo—. Quizá haya algunos puntos que han escapado a su inteligencia maquiavélica. Consideremos el problema a la luz de la razón pura. Este hombre alude a un libro. Ese es nuestro punto de partida.

—Un comienzo un tanto vago.

—Entonces veamos si podemos definirlo un poco más. Cuando concentro mi mente sobre el problema, menos impenetrable parece. ¿Qué indicaciones tenemos de este libro?

—Ninguna.

—Bueno, bueno, no está todo tan mal. El mensaje cifrado comienza con un gran 534, ¿no? Podemos conjeturar que 534 es la página a la que se refiere el mensaje cifrado. Por lo tanto, nuestro libro se ha convertido en un libro muy largo, que ya es algo. ¿Qué otras indicaciones tenemos sobre la naturaleza de este libro? El siguiente signo es C2. ¿Qué piensa de eso, Watson?

—Seguramente es el capítulo dos.

—Lo dudo, Watson. Usted, ciertamente, estará de acuerdo conmigo en que, si nos da la página, el número del capítulo es irrelevante. Además, si el capítulo dos comienza en la página 534, entonces la longitud del primero debió ser insoportable.

—¡Columna! —exclamé.

—Brillante, Watson. Está muy despierto esta mañana. Si no alude a una columna, entonces me han engañado. Ahora, vea, comenzamos a visualizar un libro largo, impreso a dos columnas que son de considerable extensión, ya que una de las palabras aparece en el documento como la doscientos noventa y tres. ¿Hemos llegado al límite de lo que puede proporcionarnos la razón?

—Me temo que sí.

—Sin duda, se considera injustamente. Una chispa más, mi querido Watson. ¡Otra onda cerebral! Si el libro hubiese sido muy raro, me lo habría enviado. Pero, en lugar de eso, quería, antes de que su plan se derrumbara, enviarme la clave en el sobre. Él mismo lo dice en la nota. Esto parece indicar que se trata de un libro que él considera que yo no tendría problemas en encontrar. Él los tenía, y se imaginaba que yo también los poseería. Para resumir, Watson, es un libro muy común.

—Lo que usted dice ciertamente suena plausible.

—Entonces, hemos reducido nuestro campo de búsqueda a un libro grande, impreso a doble columna y que es muy común.

—¡La Biblia! —exclamé victorioso.

—¡Bien, Watson, bien! Aunque no, si se me permite decirlo, lo suficientemente bueno. Incluso si yo hubiese llegado a esa conclusión, no se me ocurre otro libro menos probable de ser leído por los secuaces de Moriarty. Además, existen tantas ediciones de las Sagradas Escrituras que difícilmente pensaría que dos copias tienen la misma numeración. Se refería claramente a un libro estandarizado. Sabe con certeza que su página 534 coincidirá exactamente con mi página 534.

—Pero pocos libros tienen esas características.

—Exacto. En ello está nuestra salvación. La búsqueda se reduce a libros estandarizados que cualquiera podría poseer.

—¡Bradshaw!

—Presenta ciertas dificultades, Watson. El vocabulario de Bradshaw es nervioso y tenso, pero limitado. La elección de palabras no se prestaría para componer mensajes generales. Eliminaremos a Bradshaw. El diccionario, me temo, es inadmisible por la misma razón. ¿Qué nos queda?

—¡Un almanaque!

—¡Excelente, Watson! Si no me equivoco, usted ha dado justo en el clavo. ¡Un almanaque! Consideremos las virtudes del *Whitaker's Almanack*. Es de uso común. Tiene la cantidad de hojas requeridas. Está impreso a doble columna. Aunque comienza con un vocabulario limitado, hacia el final, si recuerdo bien, se vuelve muy locuaz —tomó el libro de su escritorio—. Aquí está la página 534, segunda columna, un fragmento sustancioso sobre, según veo, el comercio y los recursos de la India británica. ¡Anote las palabras, Watson! La número trece es «Mahratta». Me temo que no es un comienzo muy prometedor. La número ciento veintisiete es «Gobierno», que, por lo menos, tiene sentido, aunque un tanto irrelevante para nosotros y para el profesor Moriarty. Intentemos de nuevo. ¿Qué está haciendo el gobierno de Mahratta? ¡Qué lástima! Las siguientes palabras son «cerdas de puerco». ¡Estamos acabados, mi buen Watson! ¡Ha terminado!

Había hablado con tono burlón, pero el temblor de sus cejas gruesas revelaba su desilusión y enojo. Yo permanecí sentado, triste e incapaz de ayudar mientras observaba el fuego en la chimenea. Una repentina exclamación de Holmes rompió el largo silencio. El detective corrió hacia un armario, y emergió de él con otro volumen amarillo en sus manos.

—¡Pagamos el precio, Watson, por estar demasiado actualizados! —exclamó—. Nos adelantamos a nuestro tiempo y sufrimos el castigo correspondiente. Como hoy es 7 de enero, hemos colocado, muy apropiadamente, el almanaque nuevo. Es más que probable que Porlock haya confeccionado su mensaje con el viejo. Sin duda nos habría informado si hubiese escrito su carta de explicación. Ahora, veamos qué nos reserva la página 534. La palabra número trece es «hay», que es mucho más prometedora. La número ciento veintisiete es «un»: «Hay un» —los ojos de Holmes brillaban de ansiedad y sus dedos delgados y nerviosos temblaban mientras contaba las palabras— «peligro». ¡Ja! ¡Ja! ¡Excelente! Escriba eso, Watson. «Hay» «un» «peligro» «puede» «venir» «muy» «pronto» «uno». Luego tenemos el nombre «Douglas», «rico», «hombre de campo», «ahora», «en», «Birlstone», «Casa», «Birlstone», «convencimiento», «es», «urgente». ¡Lo tenemos, Watson! ¿Qué piensa ahora de la razón pura y sus frutos? Si el verdulero tuviera una corona de laureles, enviaría a Billy a comprarla.

Yo estaba observando el extraño mensaje que había anotado en una hoja de papel sobre mi rodilla mientras Holmes lo descifraba.

—¡Qué forma rara y confusa de componer un mensaje! —dije.

—Al contrario, lo ha hecho muy bien —dijo Holmes—. Cuando usted busca en una sola columna palabras para componer un mensaje, difícilmente pueda hallar todo lo que necesita. Está casi obligado a dejar algo para que piense el lector. El significado es clarísimo. Alguien planea una maldad contra un tal Douglas, quien quiera que sea, que es un rico caballero de campo. Está seguro —«convencimiento» es lo más cercano a «convencido» que encontró— de que es un asunto urgente. Ese es nuestro resultado, y ha sido un complejo trabajo de análisis.

Holmes mostraba la alegría impersonal de un verdadero artista que contempla su obra maestra, de la misma manera que se lamentaba profundamente cuando no llegaba al gran nivel al que aspiraba. Todavía reía cuando Billy abrió la puerta y dejó entrar al inspector MacDonald de Scotland Yard.

Esos eran los primeros días de finales de la década de 1880, cuando Alec MacDonald aún no había cosechado la fama nacional de la que ahora disfruta. Era un miembro de la fuerza detectivesca joven pero digno de confianza, que se había distinguido en varios casos que le habían confiado. Su alta figura huesuda prometía una fuerza física excepcional, al mismo tiempo que su gran cráneo y sus ojos hundidos y brillantes revelaban con igual elocuencia la aguda inteligencia que irradiaba detrás de sus gruesas cejas. Era un hombre silencioso y preciso, de carácter severo y un fuerte acento de Aberdeen.

Holmes ya lo había ayudado dos veces a alcanzar el éxito, siendo su única recompensa el goce intelectual del problema. Por eso, el afecto y el respeto que tenía el escocés por su colega *amateur* eran muy profundos, y los demostraba a través de la franqueza con la que consultaba a Holmes en cada dificultad. La mediocridad no conoce nada más allá de sí misma, pero el talento instantáneamente reconoce el genio, y MacDonald poseía suficiente talento en su profesión para permitirle percibir que no era humillante buscar la ayuda de alguien que ya era único en Europa, tanto por sus dotes como por su experiencia. Holmes no estaba predispuesto a la amistad, pero toleraba al gran escocés y sonrió al verlo entrar.

—Es usted un pájaro madrugador, Sr. Mac —dijo—. Le deseo suerte con su gusano. Me temo que su presencia significa que se está tramando alguna maldad.

—Si hubiese dicho «espero» en lugar de «temo», estaría más cerca de la verdad, pienso yo, Sr. Holmes —contestó el inspector con una sonrisa astuta—. Bueno, quizá un pequeño trago pueda eliminar el frío seco matutino. No, no fumaré, gracias. No puedo quedarme mucho tiempo, porque las primeras horas después de que se comete un crimen son las más valiosas, como nadie mejor que usted sabe. Pero... pero...

El inspector se interrumpió de repente, y miró fijamente con una expresión de asombro absoluto el papel sobre la mesa. Era la hoja sobre la que yo había garabateado el mensaje enigmático.

—¡Douglas! —tartamudeó el inspector—. ¡Birlstone! ¿Qué significa todo esto, Sr. Holmes? ¡Hombre, es brujería! ¿Dónde, en nombre de todo lo que es bueno, consiguió esos nombres?

—Es un mensaje cifrado que el Dr. Watson y yo hemos tenido la oportunidad de resolver. Pero ¿por qué, qué hay de raro en esos nombres?

El inspector miró primero a Holmes y después a mí con una expresión de confuso asombro.

—Solo esto —dijo—: que el Sr. Douglas, de Birlstone Manor House, fue horriblemente asesinado anoche.

Sherlock Holmes da un discurso

Era uno de aquellos momentos dramáticos por los que mi amigo se desvivía. Sería exagerado decir que estaba sorprendido o incluso emocionado por el increíble anuncio. Sin tener ni un vestigio de crueldad en su singular personalidad, Holmes era, sin duda, insensible a una larga sobreestimulación. Pero, si sus emociones eran opacas, sus percepciones intelectuales eran excesivamente activas. En ese momento, no había rastros del horror que yo mismo había sentido ante esta brusca declaración, pero su rostro mostraba la tranquilidad serena y silenciosa del químico que observa cómo se acomodan los cristales a causa de la solución sobresaturada.

—¡Extraordinario! —dijo Holmes—. ¡Extraordinario!

—No parece usted muy sorprendido.

—Interesado, Sr. Mac, pero escasamente sorprendido. ¿Por qué debería estarlo? Recibo una comunicación anónima de un sector que sé que es importante, advirtiéndome sobre el peligro que amenaza a cierta persona. En menos de una hora, me entero de que ese peligro se ha materializado y que esa persona está muerta. Estoy interesado, pero, como usted ve, no estoy sorprendido.

En pocas palabras le explicó al inspector los hechos acerca de la carta y el cifrado. MacDonald estaba sentado con el mentón apoyado sobre su mano, con sus cejas grandes y rubias enredadas en un embrollo amarillo.

—Mi intención era ir a Birlstone esta mañana —dijo—. Vine a preguntarle si les gustaría acompañarme, a usted y a su amigo aquí presente. Pero por lo que usted dice, quizá lo mejor sea trabajar en Londres.

—Me parece que no —dijo Holmes.

—¡Por amor de Dios, Sr. Holmes! —exclamó el inspector—. En uno o dos días los periódicos estarán llenos de artículos sobre el Misterio de Birlstone, pero ¿dónde está el misterio si hay un hombre en Londres que profetizó el crimen antes de que ocurriera? Debemos atrapar a ese hombre y el resto vendrá por sí solo.

—Sin duda, Sr. Mac, pero ¿cómo piensa capturar al llamado Porlock?

MacDonald dio vuelta a la carta que Holmes le había alcanzado.

—Enviado desde Camberwell, eso no nos ayuda mucho. El nombre, dice usted, es falso. Ciertamente no tenemos mucho con qué empezar. ¿No dijo usted que le había enviado dinero?

—Dos veces.

—¿Cómo?

—En pagarés enviados a la oficina de correos de Camberwell.

—¿Alguna vez se tomó la molestia de averiguar quién los recogía?

—No.

El inspector parecía sorprendido e incrédulo.

—¿Por qué no? —preguntó.

—Porque siempre me mantengo fiel a lo que digo. La primera vez que me escribió le prometí que no intentaría rastrearlo.

—¿Cree que trabaja para alguien?

—Sé que trabaja para alguien.

—¿Ese profesor que usted ya me ha mencionado?

—¡Exacto!

El inspector MacDonald sonrió y sus párpados temblaron cuando me miró.

—No le ocultaré, Sr. Holmes, que el Departamento de Investigación Criminal cree que usted está un poco obsesionado con ese profesor. Yo mismo llevé a cabo algunas pesquisas sobre el tema. Parece ser un hombre muy respetado, sabio y de talento.

—Me alegro de que, por lo menos, haya reconocido su talento.

—¡Hombre, es imposible no hacerlo! Después de escuchar su opinión, me fui a verlo. Charlamos sobre los eclipses. No puedo decir cómo llegamos a ese tema, pero sacó una linterna y un globo terráqueo y me aclaró todo en un minuto. Me prestó un libro, pero no me avergüenza decir que es demasiado para mí, a pesar de que recibí una buena educación en Aberdeen. Habría sido un gran ministro, con su rostro delgado, su cabello gris y su forma de hablar solemne y seria. Cuando apoyó su mano sobre mi hombro mientras nos despedíamos, fue como la bendición que un padre le da a su hijo antes de enviarlo al mundo frío y cruel.

Holmes se rio entre dientes y se frotó las manos.

—¡Excelente! —dijo—. ¡Excelente! Dígame, amigo MacDonald, ¿esa entrevista tan agradable y conmovedora tuvo lugar, supongo, en el estudio del profesor?

—Así es.

—Una bonita habitación, ¿no?

—Muy bonita, hermosa en realidad, Sr. Holmes.

—¿Se sentó usted frente al escritorio?

—Sí.

—¿El sol en sus ojos y el rostro del profesor en la sombra?

—Bueno, atardecía ya, pero me parece que la lámpara me daba en el rostro.

—No me sorprende. ¿Tuvo la oportunidad de observar un cuadro sobre la cabeza del profesor?

—Muy poco se me escapa, Sr. Holmes. Quizá haya aprendido eso de usted. Sí, vi el cuadro: una mujer joven con la cabeza apoyada sobre las manos, echando una ojeada furtiva en dirección al que contempla la obra.

—Ese cuadro fue pintado por Jean Baptiste Greuze.

El inspector intentó parecer interesado.

—Jean Baptiste Greuze —continuó Holmes, juntando la punta de sus dedos y recostándose en su silla—, fue un artista francés que tuvo su época de esplendor entre 1750 y 1800. Me refiero, claro está, a su carrera profesional. La crítica moderna ha hecho algo más que respaldar la gran estima en que lo tenían sus contemporáneos.

Los ojos del inspector se nublaron.

—No sería mejor que... —dijo.

—Lo estamos haciendo —interrumpió Holmes—. Todo lo que estoy diciendo guarda una relación muy estrecha y vital con lo que usted ha llamado el Misterio de Birlstone. De hecho, podría hasta decirse que es el corazón de todo el asunto.

MacDonald sonrió débilmente y me dirigió una mirada suplicante.

—Su mente es demasiado rápida para mí, Sr. Holmes. Usted pasa por alto uno o dos eslabones, y yo no puedo cruzar la brecha. ¿Cuál puede ser la relación entre este artista muerto y el asunto de Birlstone?

—Todo tipo de conocimiento es útil para el detective —comentó Holmes—. Incluso el hecho trivial de que, en el año 1865, una obra de Greuze titulada *La Jeune Fille à l'Agneau* fuera vendida por un millón doscientos mil francos, más de cuarenta mil libras, en la venta de Portalis. Quizá este dato active en su mente una sucesión de reflexiones.

Sin duda lo había hecho. El inspector parecía sinceramente interesado.

—Le recuerdo —continuó Holmes— que puede determinar el sueldo del profesor en varios libros de referencia fiables. Es de setecientos anuales.

—Entonces, ¿cómo pudo comprar?

—¡Exacto! ¿Cómo pudo?

—Sí que es sorprendente —dijo el inspector pensativamente—. Siga hablando, Sr. Holmes. Me encanta. ¡Es grandioso!

Holmes sonrió. La admiración genuina siempre lo entusiasmaba; la característica del verdadero artista.

—¿Qué pasa con Birlstone?

—Todavía tenemos tiempo —contestó el inspector mientras miraba su reloj—. Tengo un coche en la puerta y no nos llevará más de veinte minutos llegar a Victoria. Pero volvamos al cuadro... Creía que usted nunca se había encontrado con el profesor Moriarty.

—Nunca lo he hecho.

—Entonces, ¿cómo conoce sus habitaciones?

—Ah, ese es otro tema. He estado tres veces en sus habitaciones, dos de ellas esperándolo bajo distintos pretextos y yéndome antes de que regresara. La otra vez... bueno no puedo contarle a un detective lo que hice esa otra vez. En la última oportunidad, me tomé la libertad de husmear entre sus papeles, con los resultados más inesperados.

—¿Halló algo que lo comprometía?

—Nada en absoluto. Eso fue lo que más me sorprendió. Sin embargo, ahora entienda usted por qué mencioné el cuadro. Demuestra que es un hombre muy rico. ¿Cómo amasó su fortuna? No está casado. Su hermano menor es un director de estación en el oeste de Inglaterra. Su cátedra vale setecientos al año... y es dueño de un Greuze.

—¿Entonces?

—Sin duda, la conclusión es evidente.

—¿Quiere decir que el profesor tiene unos grandes ingresos y que debe obtenerlos de forma ilegal?

—Exacto. Por supuesto, tengo otras razones para pensarlo: docenas de débiles hebras que conducen vagamente al centro de la tela donde acecha la inmóvil criatura venenosa. Solo menciono el cuadro de Greuze porque usted ha tenido la oportunidad de observarlo.

—Bueno, Sr. Holmes, admito que es interesante lo que usted dice, es más que interesante: es maravilloso. Pero hable con un poco más de claridad. Falsificación, acuñación de monedas falsas, robo... ¿de dónde proviene el dinero?

—¿Alguna vez ha leído algo sobre Jonathan Wild?

—Bueno, el nombre me suena familiar. ¿No era el personaje de una novela? No les presto mucha atención a los detectives de novelas, sujetos que resuelven cosas sin mostrar cómo lo hacen. Eso no es trabajo, es inspiración.

—Jonathan Wild no era un detective, y no es un personaje novelesco. Era un maestro criminal y vivió en el siglo pasado, 1750 o por ahí.

—Entonces no me es útil. Soy un hombre práctico.

—Sr. Mac, lo más práctico que puede hacer en su vida es encerrarse durante tres meses y leer doce horas al día los anales criminales. Todo se mueve en círculos, incluso el profesor Moriarty. Jonathan Wild era la fuerza oculta de los criminales londinenses, a quienes les vendía su cerebro y su organización por una comisión del quince por ciento. La vieja rueda gira y aparecen los mismos radios. Todo ya ha sido hecho y volverá a hacerse. Le diré una o dos cosas sobre Moriarty que pueden interesarle.

—Me interesarán, sin duda.

—Resulta que sé quién es el primer eslabón de su cadena, la cadena que tiene en un extremo a este Napoleón corrupto y a cien peleadores arruinados, carteristas, chantajistas y tramposos del otro, con todos los tipos de crímenes en el centro. Su jefe de Estado Mayor es el coronel Sebastian Moran, tan distante, protegido e inaccesible para la ley como el mismo profesor. ¿Cuánto cree que le paga?

—Me gustaría saberlo.

—Seis mil al año. Vea, eso es pagar por cerebros, el principio de negocios norteamericano. Me enteré de ese detalle de casualidad. Es más de lo que gana el primer ministro. Eso le da una idea de las ganancias de Moriarty y de la escala en la que trabaja. Otra cosa: últimamente me he esforzado por rastrear algunos de los cheques de Moriarty, solo los cheques comunes e inocentes con los que paga los impuestos cotidianos. Eran de seis bancos distintos. ¿Eso le dice algo?

—Ciertamente es muy extraño. Pero, ¿qué conclusiones saca de ello?

—Que no quiere que se hable de su riqueza. Nadie debe saber cuánto posee. No dudo de que tenga veinte cuentas bancarias y, probablemente, el grueso de su fortuna está en el exterior, en el Deutsche Bank o el Credit Lyonnais. Cuando tenga uno o dos años libres, le recomiendo que estudie al profesor Moriarty.

El inspector MacDonald se mostraba cada vez más impresionado a medida que avanzaba la conversación. Se había perdido en su interés. Ahora, su mente escocesa práctica lo traía de vuelta, con un chasquido, al asunto en cuestión.

—De todas maneras puede esperar —dijo—. Nos ha distraído con sus anécdotas interesantes, Sr. Holmes. Lo que realmente importa es su comentario sobre la relación que existe entre el profesor y el crimen. Eso lo sabe gracias a la advertencia que recibió de su hombre, Porlock. ¿Podemos, con el fin de satisfacer nuestras necesidades prácticas, ir más allá?

—Podríamos formar una idea sobre los motivos del crimen. Es, según infiero por sus primeros comentarios, un asesinato inexplicable o, por lo menos, no explicado. Ahora, suponiendo que la fuente del crimen sea quien sospechamos que es, podría haber dos motivos distintos. En primer lugar, puedo decirle que Moriarty gobierna con mano de hierro a su gente. La disciplina es tremenda. Su código permite solo un castigo: la muerte. Ahora, podemos suponer que este hombre asesinado, este Douglas, cuyo fin era conocido por uno de los subordinados del gran criminal, de alguna manera había traicionado a su jefe. Recibiría un castigo ejemplar, para que todos lo supiesen o, por lo menos, para aterrorizarlos con la idea de su muerte.

—Esa es una posibilidad, Sr. Holmes.

—La otra es que fue organizado por Moriarty durante el curso natural de sus negocios. ¿Hubo algún robo?

—No que yo sepa.

—Si lo hubo, claro está, iría en contra de la primera hipótesis y favorecería la segunda. Moriarty pudo ser contratado para maquinarlo con la promesa de compartir algún botín o quizá solo le pagaron para llevarlo a cabo. Ambas son posibles. Pero, cualquiera que sea, o si hay una tercera posibilidad, es en Birlstone donde debemos buscar la respuesta. Conozco demasiado bien a nuestro hombre como para suponer que dejó alguna pista aquí que pueda conducirnos a él.

—¡Entonces debemos ir a Birlstone! —exclamó MacDonald, incorporándose de un salto— ¡Caramba! Es más tarde de lo que pensaba. Puedo darles cinco minutos para que se preparen, caballeros, y nada más.

—Es más que suficiente para nosotros dos —dijo Holmes mientras se ponía de pie de un salto y apresuradamente intercambiaba su batín por un abrigo—. Mientras estemos en camino, Sr. Mac, le pediré que me cuente todo el asunto.

«Todo el asunto» resultó ser decepcionantemente poco, pero teníamos suficiente información como para convencernos de que el caso era digno de recibir la mejor atención del experto. Holmes se animó y se frotaba las manos mientras escuchaba los escasos pero increíbles detalles. Yacían detrás de nosotros una larga serie de semanas estériles y ahora, por fin, teníamos delante un objeto digno de aquellos poderes extraordinarios que, como todos los dones, se vuelven molestos para el dueño cuando no los utiliza. Esa mente afilada, embotada y oxidada por la inacción.

Los ojos de Sherlock Holmes resplandecían, un color cálido cubría sus mejillas pálidas y su rostro ansioso brillaba con una luz interior siempre que escuchaba la llamada al trabajo. Inclinado hacia adelante en el coche, escuchaba con gran intensidad a MacDonald mientras daba un breve bosquejo del problema que nos aguardaba en Sussex. El mismo inspector se basaba, como nos explicó, en un relato confuso que le había enviado el tren de la leche bien temprano por la mañana. White Mason, el oficial del lugar, era un amigo personal, y por eso MacDonald había sido informado con mucha más rapidez de lo normal para Scotland Yard cuando las provincias requieren su ayuda. Es un rastro muy frío el que, generalmente, debe seguir un experto de la Policía Metropolitana cuando se solicita su asistencia.

Querido Inspector MacDonald

[rezaba la carta que nos leyó]:

La solicitud oficial de sus servicios está en sobre aparte. Esto es para que lo lea usted solo. Mándeme un telegrama comunicándome en qué tren llega a Birlstone, y yo iré a recibirlo, o haré que vayan a recibirlo si me encuentro demasiado ocupado. El caso es extremadamente difícil. No pierda tiempo en comenzar. Si puede traer al Sr. Holmes, por favor hágalo porque él encontrará algo con sus métodos. Si no fuera por el hombre muerto que hay de por medio, pensaríamos que todo había sido arreglado para un efecto teatral. ¡Por Dios, sí que es complicado!

—Su amigo no parece ningún tonto —comentó Holmes.

—No, señor, White Mason es un hombre muy perspicaz, según mi juicio.

—Bueno, ¿dice algo más?

—Solo que nos dará todos los detalles cuando nos reunamos con él.

—Entonces, ¿cómo sabe usted que se llama Douglas y que ha sido espantosamente asesinado?

—Eso estaba en el informe oficial. No decía «espantosamente» porque no es un término oficial aceptado. El nombre que daba es John Douglas. Mencionaba que las heridas están en la cabeza y que son producto de una escopeta. También mencionaba la hora en que se dio la alarma: cerca de la medianoche de ayer. Decía que se trataba, sin duda, de un caso de asesinato, pero que no se había efectuado ningún arresto y que el asunto tenía rasgos desconcertantes y extraordinarios. Eso es todo lo que tengo por ahora, Sr. Holmes.

—Entonces, con su permiso, lo dejaremos así, Sr. Mac. La tentación de formar teorías prematuras con datos insuficientes es el flagelo de nuestra profesión. Por el momento solo puedo ver claramente dos cosas: una mente genial en Londres y un hombre muerto en Sussex. Vamos a rastrear la cadena que los une.

La tragedia de Birlstone

Y ahora le pediré al lector que me permita, por un momento, apartar mi personalidad insignificante y describir algunos acontecimientos que ocurrieron antes de nuestra llegada a la escena del crimen, bajo la luz del conocimiento que nos llegó mucho después. Solo de esta manera puedo hacer que el lector aprecie a las personas involucradas en los hechos y el extraño escenario sobre el cual se arrojó su suerte.

El pueblo de Birlstone es una pequeña y muy antigua aglomeración de casas con entramado de madera que se encuentra en el límite norte del condado de Sussex. No ha cambiado en siglos, pero durante los últimos años su aspecto pintoresco y su situación han atraído a numerosos residentes prósperos cuyas quintas asoman por entre los bosques que las rodean. Los locales creen que estos bosques son el límite extremo del gran bosque de Weald, que se extiende hasta las colinas de creta del norte. Ha surgido un buen número de pequeñas tiendas para satisfacer las necesidades de la población en aumento, razón por la cual se cree que Birlstone pronto pasará de ser una ancestral aldea a un pueblo moderno. Es el centro de una considerable extensión de campo, ya que Tunbridge Wells, el lugar importante más cercano, se halla a diez o doce millas al este, dentro de las fronteras de Kent.

Aproximadamente a media milla del pueblo, en medio de un viejo parque famoso por sus enormes hayas, está la antiquísima Manor House de Birlstone. Una parte de este venerable edificio data de la época de la Primera Cruzada, cuando Hugo de Capus mandó construir una pequeña fortaleza en medio de la propiedad que le había otorgado el rey Rojo. Un incendio la destruyó en 1543 y algunas de sus piedras angulares ennegrecidas por el humo fueron utilizadas cuando, en tiempos jacobinos, se construyó con ladrillos una casa de campo sobre las ruinas del castillo feudal.

Manor House, con sus numerosos hastiales y pequeñas ventanas con vidrios en forma de diamantes, era casi la misma que el constructor había erigido a principios del siglo xvii. De los dos fosos que habían protegido a su predecesor más guerrero, se había dejado secar el exterior, que ahora cumplía la modesta función de huerto. El foso interior aún estaba allí y rodeaba toda la casa con sus cuarenta pies de ancho y pocos pies de profundidad. Un pequeño arroyo lo alimentaba y continuaba más allá de él, por lo que el agua, aunque turbia, nunca se estancaba ni se pudría. Las ventanas de la planta baja estaban a menos de un pie del agua.

Solo se podía acceder a la casa a través de un puente levadizo cuyas cadenas y molinetes se habían oxidado y roto hacía tiempo. Sin embargo, los últimos inquilinos de Manor House, con la energía que los caracterizaba, lo habían arreglado y el puente levadizo no solo era capaz de elevarse, sino que se levantaba todas las noches y se bajaba todas las mañanas. Al renovar la costumbre de la vieja época feudal, Manor House se convertía en una isla durante la noche, un hecho que guardaba relación directa con el misterio que, muy pronto, captaría la atención de toda Inglaterra.

La casa había estado sin dueño por espacio de algunos años y amenazaba con desmoronarse en una pintoresca descomposición cuando los Douglas tomaron posesión de ella. La familia constaba solamente de dos individuos: John Douglas y su esposa. Douglas era un hombre extraordinario, tanto por su carácter como por su persona. Tendría alrededor de cincuenta años, un rostro robusto de mandíbula fuerte, bigotes grisáceos, curiosos ojos grises y agudos, y una figura enjuta y vigorosa que no había perdido nada de la fuerza y la energía de la juventud. Era alegre y simpático con todos, pero de modales algo bruscos, dando la impresión de que había vivido en un estrato social mucho más bajo que la sociedad rural de Sussex.

Sin embargo, aunque sus vecinos más cultos lo miraban con curiosidad y reserva, Douglas adquirió pronto una gran popularidad entre los habitantes del pueblo, suscribiéndose generosamente a todos los eventos locales y asistiendo a los conciertos de fumadores y otros actos donde, al tener una rica y destacable voz de tenor, siempre estaba dispuesto a complacer con una excelente canción. Parecía tener mucho dinero, que se decía había ganado en los campos auríferos de California, y también era evidente, por lo que contaban él y su esposa, que había vivido parte de su existencia en América.

La buena impresión que habían causado su generosidad y sus modales democráticos se incrementó por la reputación ganada por su total indiferencia al peligro. Aunque era un pésimo jinete, participaba en todas las competiciones y soportaba las caídas más increíbles, determinado a mantenerse a la par de los demás. Cuando la vicaría se incendió, se distinguió por el arrojo con el que penetró en el edificio para salvar algunos objetos, después de que los bomberos hubieran dicho que la situación era imposible. De esta manera, John Douglas de Manor House, en menos de cinco años, se había ganado una tremenda reputación en Birlstone.

También su esposa era popular entre la gente que conocía, aunque, como es costumbre inglesa, los que visitan a un extraño que se instala en el campo sin ser presentados eran pocos y distantes entre sí. Esto la tenía sin cuidado, ya que era de naturaleza reservada, y parecía totalmente dedicada a su marido y a sus obligaciones domésticas. Se sabía que era una dama inglesa que había conocido al Sr. Douglas en Londres cuando este era viudo. Era una mujer hermosa, alta, morena y esbelta, unos veinte años menor que su esposo, diferencia que no parecía afectar en nada a la felicidad de su vida familiar.

Sin embargo, quienes los conocían mejor a veces comentaban que la confianza entre ambos no parecía ser completa, ya que la esposa o era muy reservada con respecto al pasado de su marido o, como parecía más probable, estaba mal informada al respecto. Algunas de las personas más observadoras del pueblo también habían notado y comentado que la

Sra. Douglas evidenciaba cierta tensión nerviosa y que mostraba una gran inquietud cuando su esposo ausente tardaba demasiado en regresar a la casa. En una tranquila zona rural, donde todo chismorreo es bienvenido, esa debilidad de la dama de Manor House no pasó desapercibida y creció en la memoria de la gente cuando ocurrieron los hechos que le otorgaron un significado muy especial.

Había otro individuo cuya estancia bajo el mismo techo era, es cierto, intermitente, pero cuya presencia simultánea al tiempo en que sucedieron los extraños acontecimientos que ahora serán narrados atrajo mucha atención hacia su nombre. Era Cecil James Barker de Hales Lodge, Hampstead.

La figura alta y desvencijada de Cecil Barker caminando por la calle principal del pueblo de Birlstone era una imagen familiar, ya que era un invitado frecuente y bienvenido en Manor House. Era el único amigo de la desconocida vida pasada del Sr. Douglas que había visitado su nueva propiedad inglesa. Barker era claramente inglés, pero de sus comentarios se deducía que había conocido por primera vez a Douglas en América y que allí habían forjado una íntima amistad. Parecía ser un hombre bastante rico y se decía que era soltero.

Era más joven que Douglas —tenía cuarenta y cinco años como mucho— y era un sujeto alto, erguido, de pecho ancho, con un rostro bien afeitado de boxeador profesional, espesas cejas negras y un par de ojos oscuros dominantes que podían, incluso sin la ayuda de sus manos extremadamente hábiles, abrirle paso a través de una muchedumbre hostil. No cabalgaba ni cazaba, sino que pasaba los días dando vueltas por la vieja aldea con su pipa en la boca o conduciendo con su anfitrión o, en su ausencia, con su anfitriona a través de los hermosos campos. «Un caballero despreocupado y generoso», dijo Ames, el mayordomo, «pero, ¡por Júpiter, no me gustaría ser el hombre que lo contrariara!». Era amable e íntimo con Douglas y no lo era menos con su esposa, con quien tenía una amistad que más de una vez pareció irritar al marido de tal modo que hasta los criados percibieron su enojo. Ese era el tercer miembro de la familia cuando ocurrió la catástrofe.

En cuanto a los otros habitantes del viejo edificio, basta con mencionar, de todo el gran servicio doméstico, al remilgado, respetable y capaz Ames, y a la Sra. Allen, una persona rolliza y alegre que ayudaba a la Sra. Douglas con algunas de las tareas domésticas. Los otros seis criados de la casa nada tienen que ver con los eventos del 6 de enero.

Eran las once y cuarenta y cinco cuando las primeras noticias alcanzaron la pequeña comisaría local a cargo del sargento Wilson, del cuerpo de policía de Sussex. El Sr. Cecil Barker, muy excitado, corrió hasta la puerta e hizo sonar la campana salvajemente. Una terrible tragedia había ocurrido en Manor House y John Douglas había sido asesinado. Esa era la desgraciada noticia que traía. Había regresado rápidamente a la casa, seguido después de unos minutos por el sargento de policía, quien llegó a la escena del crimen apenas pasadas las doce de la medianoche, después de haber informado a las autoridades del condado de que algo serio había ocurrido.

Al llegar a Manor House, el sargento halló abierto el puente levadizo, las ventanas iluminadas y toda la casa alarmada y confundida. Los sirvientes, sus rostros pálidos, se apiñaban en el vestíbulo, y el mayordomo atemorizado, frotándose las manos, se hallaba en la puerta de entrada. Solo Cecil Baker parecía conservar el control de sí mismo y de sus emociones. Había abierto la puerta más cercana de la principal y le había hecho señas al sargento para que lo siguiera. En ese momento llegó desde el pueblo el Dr. Wood, un médico enérgico y muy capaz. Los tres hombres entraron juntos a la habitación fatal, y el mayordomo aterrado los siguió pisándoles los talones y cerrando la puerta para ocultar la horrible escena a las criadas.

El hombre muerto yacía sobre su espalda y con los miembros extendidos en el centro de la habitación. Vestía un batín sobre el pijama y un par de pantuflas cubrían sus pies desnudos. El médico se arrodilló a su lado y acercó al cuerpo la lámpara de mano que descansaba sobre la mesa. Un breve vistazo a la víctima fue suficiente para que el doctor se diera cuenta de que su presencia no era necesaria. El hombre había sido horrorosamente herido. Apoyada sobre su pecho yacía una curiosa arma, una escopeta con ambos cañones serrados a un pie de los gatillos. Claramente había sido disparada a corta distancia y Douglas había recibido toda la carga en el rostro, volando su cabeza en pedazos. Los dos gatillos habían sido atados entre sí para que la doble carga simultánea fuera mucho más destructiva.

El policía rural estaba desconcertado y turbado por la tremenda responsabilidad que de repente caía sobre él.

—No tocaremos nada hasta que lleguen mis jefes —dijo en voz baja mientras observaba con horror la espantosa cabeza.

—Nada se ha tocado hasta ahora —dijo Cecil Barker—. Yo respondo por eso. Ustedes ven todo exactamente como yo lo encontré.

—¿Cuándo fue eso? —el sargento había sacado su libreta de notas.

—Fue justo pasadas las once y media. Aún no me había desvestido y estaba sentado junto a la chimenea en mi habitación cuando escuché el disparo. No sonó muy fuerte, parecía amortiguado. Bajé las escaleras corriendo. Dudo que hubieran pasado treinta segundos antes de que llegara a este cuarto.

—¿La puerta estaba abierta?

—Sí, estaba abierta. El desgraciado Douglas yacía como lo ven ahora. La vela de su alcoba ardía sobre la mesa. Yo fui quien encendió la lámpara unos minutos después.

—¿Vio a alguien?

—No. Oí que la Sra. Douglas bajaba las escaleras detrás de mí y corrí hacia ella para evitar que viera esta espantosa escena. La Sra. Allen, el ama de llaves, vino y se la llevó. Cuando llegó Ames, corrimos de vuelta a la habitación.

—Pero creo haber oído que el puente levadizo está izado por las noches.

—Sí, estaba cerrado hasta que yo lo bajé.

—Entonces, ¿cómo pudo escaparse el asesino? Es imposible. El Sr. Douglas debe haberse disparado a sí mismo.

—Esa fue nuestra primera impresión, pero ¡vea esto! —Barker abrió las cortinas y mostró que la larga ventana con vidrios en forma de diamante estaba totalmente abierta—. ¡Y mire esto también! —acercó la lámpara e iluminó una mancha de sangre con la forma de una suela de bota sobre el alféizar de la ventana—. Alguien apoyó el pie aquí mientras intentaba salir.

—¿Quiere decir que alguien vadeó el foso?

—¡Exacto!

—Entonces, si usted irrumpió en la habitación medio minuto después de cometido el crimen, el asesino tenía que estar cruzando el agua en ese mismo momento.

—No me caben dudas de ello. ¡Ojalá hubiese corrido hacia la ventana! Pero la cortina la tapaba, como usted ve, y nunca se me ocurrió hacerlo. Luego escuché los pasos de la Sra. Douglas y no podía dejarla entrar a la habitación. Hubiese sido demasiado horrible.

—¡Muy horrible! —dijo el doctor mientras observaba la cabeza destrozada y las espantosas marcas que la rodeaban—. No he visto heridas semejantes desde el choque de trenes en Birlstone.

—Pero, digo yo —comentó el sargento de policía, cuyo sentido común lento y bucólico todavía pensaba en la ventana—. Está muy bien que usted diga que un hombre escapó vadeando el foso, pero yo le pregunto: ¿cómo entró en la casa si el puente estaba elevado?

—Ah, esa es la pregunta —dijo Barker.

—¿A qué hora izaron el puente?

—Eran casi las seis —dijo Ames, el mayordomo.

—Había escuchado —dijo el sargento— que normalmente se levantaba al ocaso. Eso estaría más cerca de las cuatro y media que de las seis en esta época del año.

—La Sra. Douglas tenía invitados a tomar el té —dijo Ames—. No podía cerrarlo hasta que se hubiesen ido. Luego, lo icé yo mismo.

—Entonces todo se reduce a esto —dijo el sargento—. Si alguien vino desde fuera, si es que alguien lo hizo, entonces debió entrar cruzando el puente antes de las seis y debió permanecer escondido desde entonces, hasta que el Sr. Douglas entró en esta habitación después de las once.

—Hubo de ser así. Antes de acostarse, el Sr. Douglas recorría la casa todas las noches para asegurarse de que las luces estuviesen bien. Por eso vino aquí. El hombre estaba esperando y le disparó. Luego escapó por la ventana y dejó su arma tras él. Así reconstruyo todo, ya que nada más puede aunar todos los hechos.

El sargento recogió una tarjeta que yacía sobre el suelo al lado del hombre muerto. Las iniciales V. V. y debajo el número 341 estaban toscamente garabateadas en tinta.

—¿Qué es esto? —preguntó sosteniéndola en alto.

Barker la observó con curiosidad.

—No la había visto antes —dijo—. Debió dejarla el asesino.

—V. V. 341. No puedo hallarle ningún sentido.

El sargento continuaba tocándola con sus dedos gruesos.

—¿Qué es V. V.? Quizá las iniciales de alguien. ¿Qué tiene ahí, Dr. Wood? Era un martillo bastante grande que yacía sobre la alfombra enfrente de la chimenea; un martillo macizo de fina elaboración. Cecil Baker señaló con el dedo una caja de clavos con cabeza de latón sobre la repisa de la chimenea.

—El Sr. Douglas estaba cambiando de lugar los cuadros ayer —dijo—. Yo mismo lo vi, de pie sobre la silla y acomodando el gran cuadro allá arriba. Eso explica el martillo.

—Lo mejor sería dejar el martillo donde lo encontramos, sobre la alfombra —dijo el sargento mientras se rascaba la cabeza con aire confundido—. Se necesitarán las mejores mentes del cuerpo para resolver este caso. Será un trabajo de Londres antes de haber finalizado —alzó la lámpara y caminó lentamente alrededor de la habitación—. ¡Vaya! —exclamó, excitado, mientras corría las cortinas—. ¿A qué hora se cerraron estas cortinas?

—Cuando prendimos las lámparas —dijo el mayordomo—. Fue poco después de las cuatro.

—Sin duda, alguien estuvo aquí escondido —acercó la lámpara, y las huellas de unas botas embarradas aparecieron muy claras en el rincón—. Me veo obligado a decir que esto demuestra su teoría, Sr. Barker. Parece que el hombre entró a la casa después de las cuatro, cuando las cortinas ya habían sido cerradas, y antes de las seis, la hora en que se cerró el puente. Se escabulló en esta habitación porque fue la primera que vio. No había otro lugar donde pudiera esconderse, y por eso se metió detrás de la cortina. Todo eso es bastante claro. Lo más probable es que su idea original fuese robar la casa, pero el Sr. Douglas lo descubrió de casualidad, por lo que lo mató y escapó.

—Así lo veo yo —dijo Barker—. Pero, digo yo, ¿no estamos perdiendo un tiempo valioso? ¿No podemos salir y batir el campo antes de que el sujeto se escape?

El sargento consideró la idea unos segundos.

—No salen trenes hasta las seis de la mañana, por lo que no puede irse en tren. Si camina por alguna carretera con sus botas mojadas, alguien seguramente lo verá. De todos modos, yo no puedo irme de aquí hasta que sea relevado. Pero creo que ninguno de ustedes debería irse hasta que sepamos con mayor claridad cuál es la situación.

El doctor había alcanzado la lámpara y se hallaba escudriñando el cadáver.

—¿Qué es esta marca? —preguntó—. ¿Tendrá algo que ver con el crimen?

El brazo derecho del muerto sobresalía de su batín y quedaba expuesto hasta el codo. A mitad del antebrazo había una extraña marca marrón, un triángulo dentro de un círculo, que resaltaba vívidamente sobre la piel color manteca.

—No está tatuado —dijo el doctor mirando a través de sus anteojos—. Nunca vi nada parecido. Este hombre ha sido marcado, como ganado. ¿Qué significa todo esto?

—No pretendo saber su significado —dijo Cecil Barker—, pero he visto esa marca en el brazo de Douglas innumerables veces en estos últimos diez años.

—Yo también —dijo el mayordomo—. Muchas veces, cuando el amo se remangaba, he observado esa misma marca. Siempre me pregunté qué significaba.

—Entonces, no guarda relación con el crimen —dijo el sargento—. Pero es una cosa muy extraña, sin duda. Todo es extraño en este caso. Bueno, ¿qué sucede ahora?

El mayordomo había proferido una exclamación de asombro y señalaba la mano extendida del muerto.

—¡Se han llevado el anillo de bodas! —jadeó.

—¿Qué?

—Sí, es verdad. El amo siempre usaba su sencillo anillo de bodas dorado en el dedo meñique de la mano izquierda. Encima llevaba ese anillo con la pepita de oro sin tallar y el otro con forma de serpiente en el dedo corazón. Aquí están la pepita y la serpiente, pero falta el anillo de bodas.

—Tiene razón —dijo Barker.

—¿Me está diciendo —dijo el sargento— que el anillo de bodas estaba debajo del otro?

—¡Siempre!

—¿Entonces el asesino, o quien fuera, primero le sacó este que usted llama anillo con la pepita, luego el anillo de bodas, y después puso de nuevo el de la pepita?

—¡Así es!

El ilustre policía rural sacudió la cabeza.

—Me parece que cuanto más rápido se ocupen de este caso los de Londres, mejor será —dijo—. White Mason es un hombre inteligente. Ningún caso rural ha sido demasiado para él. No tardará mucho en venir a ayudarnos, pero supongo que tendremos que hablar con Londres antes de que termine todo esto. De cualquier manera, no me avergüenza admitir que este asunto es demasiado complejo para alguien como yo.

Oscuridad

A las tres de la mañana, el principal detective de Sussex, obedeciendo la urgente llamada del sargento Wilson de Birlstone, llegó desde el cuartel general en un liviano coche de dos ruedas tirado por un trotón jadeante. Había enviado un mensaje a Scotland Yard por el tren de las cinco cuarenta y se hallaba en la estación de Birlstone a las doce en punto para darnos la bienvenida. El Sr. White Mason era un hombre silencioso, de aspecto tranquilo, vestido con un traje de lana suelto. Tenía un rostro rubicundo bien afeitado, cuerpo robusto y poderosas piernas adornadas con polainas. Parecía un modesto granjero, un guardabosque retirado o cualquier otra cosa sobre la tierra excepto un ejemplar muy favorable de oficial de policía rural.

—Es realmente extraño, Sr. MacDonald —no paraba de repetir—. Los reporteros bullirán como moscas por aquí cuando se enteren. Espero que terminemos de trabajar antes de que empiecen a husmear y a arruinar las pistas. No recuerdo que haya sucedido nunca algo similar. Hay algunos detalles que le resultarán muy interesantes, Sr. Holmes, si no me equivoco. A usted también, Sr. Watson, porque los médicos tendrán la última palabra antes de que terminemos aquí. Su habitación está en el Westville Arms. No hay otro lugar disponible, pero me han dicho que es un lugar limpio y bueno. El hombre llevará sus maletas. Por aquí, caballeros, si no les molesta.

Este detective de Sussex era una persona muy animada y afable. Diez minutos después todos habíamos hallado nuestras habitaciones, y diez minutos más tarde estábamos sentados en la sala de recepción de la posada, prestando atención al breve bosquejo de aquellos hechos que he resumido en el capítulo anterior. MacDonald anotaba en su cuaderno de vez en cuando y Holmes permanecía sentado con la expresión de sorpresa y admiración reverencial de un botánico que contempla una rara y preciosa flor.

—¡Notable! —dijo Holmes cuando finalizó el relato—. ¡Muy notable! No recuerdo otro caso con características tan peculiares.

—Pensé que diría eso, Sr. Holmes —dijo White Mason con gran deleite—. Estamos muy al día en Sussex. Le he contado cómo estaba la situación aquí cuando yo relevé al sargento Wilson entre las tres y las cuatro de la mañana. ¡Cielos, sí que forcé a la vieja yegua! Pero al final resultó que tanto apuro no era necesario porque no había nada inmediato que pudiera hacer. El sargento Wilson tenía ya todos los datos. Los revisé, medité sobre ellos y agregué algunos más.

—¿Qué agregó usted? —preguntó Holmes ansiosamente.

—Bueno, primero mandé examinar el martillo. El Dr. Wood me ayudó. No hallamos señales de violencia sobre él. Pensaba que si el Sr. Douglas se había defendido con el martillo, podría haber dejado alguna marca sobre el asesino antes de dejarlo caer sobre la alfombra. Pero no había ninguna mancha.

—Eso, claro está, no prueba absolutamente nada —comentó el inspector MacDonald—. Han ocurrido numerosos asesinatos con martillos sin que quedasen marcas sobre la herramienta.

—En efecto, no prueba que no haya sido utilizado, pero podría haber habido manchas, y eso nos hubiese ayudado. De hecho, no había nada. Luego examiné el arma. Eran cartuchos de perdigones y, como señaló el sargento Wilson, habían atado con un cable los dos gatillos para que, al apretar uno, los dos cañones se dispararan. Quienquiera que haya cometido el crimen estaba decidido a no arriesgarse a fallar el tiro. El arma serrada no medía más de dos pies de largo: podía llevarse fácilmente debajo del abrigo. No hallé el nombre completo del fabricante, pero las letras impresas «P E N» decoraban la canaleta entre los dos cañones, y el resto del nombre había sido cortado por el serrucho.

—¿Una gran «P» con un rasgo hacia arriba, y la «E» y la «N» más pequeñas? —preguntó Holmes.

—Exacto.

—Pennsylvania Small Arm Company, una fábrica norteamericana muy conocida —dijo Holmes.

White Mason miró a mi amigo como el médico de una pequeña aldea contempla al especialista de Harley Street, quien, con una palabra, resuelve las dificultades que lo habían dejado perplejo.

—Esto es muy útil, Sr. Holmes. Sin duda usted tiene razón. ¡Maravilloso! ¡Maravilloso! ¿Guarda en su memoria los nombres de todos los fabricantes de armas del mundo?

Holmes desechó la pregunta con un movimiento de la mano.

—Sin duda es una escopeta norteamericana —continuó White Mason—. Me parece que alguna vez leí que la escopeta serrada es un arma utilizada en algunas partes de América del Norte. Más allá del nombre escrito en el cañón, la idea ya se me había ocurrido. Tenemos cierta evidencia, entonces, de que el hombre que entró a la casa y asesinó a su dueño era un norteamericano.

MacDonald sacudió la cabeza.

—Hombre, se está adelantando demasiado —dijo—. Todavía no he escuchado ninguna evidencia que diga que hubo un desconocido en la casa.

—La ventana abierta, la sangre sobre el alféizar, la extraña tarjeta, las huellas de una bota en el rincón, el arma.

—Todo eso podría haber sido arreglado. El Sr. Douglas era norteamericano o había vivido mucho tiempo allí. Lo mismo puede decirse del Sr. Barker. No es necesario importar a un norteamericano para explicar acciones norteamericanas.

—Ames, el mayordomo...

—¿Qué ocurre? ¿Se puede confiar en él?

—Diez años junto a sir Charles Chandos, sólido como una roca. Ha estado con Douglas desde que se mudó a Manor House hace cinco años. Nunca ha visto un arma así en la casa.

—El arma se hizo para ser escondida. Por eso se serraron los cañones: entraría en una caja. ¿Cómo puede jurar que no había un arma semejante en la casa?

—Bueno, en cualquier caso, nunca la había visto.

MacDonald sacudió su obstinada cabeza escocesa.

—Aún no estoy convencido de que hubiera un extraño dentro de la casa —dijo—. Le pido que considere... —su acento se volvía más pronunciado a medida que se sumergía en su propio argumento—. Le pido que considere qué implica su suposición de que esa arma fue llevada a la casa y de que todas estas cosas extrañas fueron hechas por una persona de fuera. ¡Hombre, es inconcebible! ¡Va en contra del sentido común! Le pido a usted, Sr. Holmes, que juzgue mi teoría por lo que hemos escuchado.

—Bueno, exponga su teoría, Sr. Mac —dijo Holmes en su estilo más judicial.

—El hombre, si realmente existió, no es un ladrón. El tema del anillo y de la tarjeta apunta al asesinato premeditado por alguna razón personal. Muy bien, tenemos aquí a un hombre que entra en la casa a escondidas con la intención deliberada de cometer un asesinato. Sabe, si es que sabe algo, que le será difícil escaparse ya que la casa está rodeada de agua. ¿Qué arma elegiría? Cualquiera diría la más silenciosa del mundo. Así supondría que, una vez cometido el crimen, podría escabullirse por la ventana, vadear el foso y escapar con tranquilidad. Eso es comprensible, pero ¿lo es que haya elegido traer consigo una de las armas más ruidosas del mundo sabiendo muy bien que el ruido atraería corriendo a todos los seres humanos de la casa y que existían grandes posibilidades de ser visto antes de que pudiera cruzar el foso? ¿Es esto creíble, Sr. Holmes?

—Bueno, usted presenta un caso muy sólido —contestó mi amigo pensativamente—. Ciertamente necesita una buena justificación. ¿Puedo preguntarle, Sr. White Mason, si examinó inmediatamente el lado más alejado del foso para ver si había alguna señal de que el hombre hubiera salido del agua?

—No había huellas, Sr. Holmes. Pero es un borde de piedra, por lo que no se podía esperar que hubiese señales.

—¿Ninguna huella o señal?

—Ninguna.

—¡Ha! ¿Habría alguna objeción, Sr. White Mason, a que vayamos inmediatamente a la casa? Quizá haya algún pequeño punto que nos pueda brindar algo más de información.

—Estaba a punto de proponerlo, Sr. Holmes, pero me pareció que lo mejor sería contarle los hechos antes de partir. Supongo que si se le ocurre algo... —White Mason miró dudosamente al *amateur*.

—He trabajado con el Sr. Holmes en otras ocasiones —dijo el inspector MacDonald—. Sabe jugar nuestro juego.

—Tengo mi propia idea del juego, de todos modos —dijo Holmes con una sonrisa—. Me ocupo de un caso para ayudar a la justicia y al trabajo de la policía. Si alguna vez me he alejado de la fuerza policial es porque primero ellos se alejaron de mí. No deseo beneficiarme a costa suya. Al mismo tiempo, Sr. White Mason, reclamo el derecho a trabajar a mi manera y a divulgar mis resultados cuando me parezca conveniente: cuando todo esté completo y no disgregado.

—Sin duda nos sentimos honrados por su presencia y por la oportunidad de mostrarle todo lo que sabemos —dijo White Mason cordialmente—. Venga con nosotros, Dr. Watson, y cuando llegue el momento, todos esperaremos aparecer en su libro.

Caminamos por la pintoresca calle de la aldea con una hilera de olmos podados a cada lado. Más allá había dos antiguos pilares de piedra manchados por la intemperie y cubiertos de líquenes, coronados por un bulto informe que alguna vez había sido el león desbocado de Capus de Birlstone. Una corta caminata por una calle sinuosa, rodeada por el césped y los olmos, de esas que solo pueden hallarse en la Inglaterra rural, luego un giro abrupto y delante de nosotros apareció la casa jacobina larga y baja de ladrillos sucios color oscuro, con un jardín anticuado de tejos a cada lado. Mientras nos acercábamos a la casa, vimos el puente levadizo de madera y el hermoso foso ancho tan quieto y luminoso como el mercurio bajo los rayos fríos del invierno.

Tres siglos habían discurrido a través de la antigua Manor House, siglos de nacimientos y regresos al hogar, de bailes rurales y de reuniones de cazadores de zorros. Extraño que ahora, en su vejez, este oscuro asunto ensombreciera los muros venerables. Y, sin embargo, esos extraños tejados en punta y pintorescos aleros sobresalientes eran una cubierta apropiada para semejante tragedia sombría y terrible. Mientras miraba las ventanas hundidas en la pared y el largo alcance de la fachada opaca besada por el agua, tuve la impresión de que no existía un escenario más apropiado para semejante tragedia.

—Esa es la ventana —dijo White—, esa justo a la derecha del puente levadizo. Está abierta como se encontró anoche.

—Parece demasiado estrecha para que un hombre pase por ella.

—Bueno, en cualquier caso no era un hombre gordo. No necesitamos sus deducciones, Sr. Holmes, para saber eso. Pero usted o yo podríamos pasar por ahí sin problemas.

Holmes caminó hasta el foso y miró hacia el otro lado. Luego, examinó el borde de piedra y la franja de hierba más allá de este.

—Ya lo he inspeccionado detenidamente, Sr. Holmes —dijo White Mason—. No hay nada, ninguna señal de que alguien haya pasado por allí. Pero ¿por qué dejaría una huella?

—Exacto. ¿Por qué debería? ¿El agua siempre está turbia?

—Normalmente tiene ese color. El arroyo arrastra la arcilla.

—¿Qué profundidad tiene?

—Alrededor de dos pies en los lados y tres en el centro.

—Entonces podemos desechar toda idea de que el hombre se ahogó al cruzar.

—No, ni un niño se ahogaría ahí.

Cruzamos el puente levadizo y el mayordomo Ames, una persona pintoresca, jorobada y seca nos dejó entrar. El pobre viejo estaba blanco y temblaba a causa de los hechos. El sargento de la aldea, un hombre alto, formal y melancólico todavía vigilaba la habitación fatal. El médico se había ido.

—¿Alguna noticia, sargento Wilson? —preguntó White Mason.

—No, señor.

—Entonces puede regresar a su casa. Ya ha soportado demasiado. Lo mandaremos llamar si lo necesitamos. Lo mejor sería que el mayordomo esperara fuera. Dígale que avise al Sr. Cecil Barker, a la Sra. Douglas y al ama de llaves de que probablemente hablaremos con ellos en unos minutos. Ahora, caballeros, permítanme que les cuente primero mi opinión sobre los hechos, y luego podrán sacar sus propias conclusiones.

Este experto rural me impresionaba. Parecía entender los hechos y poseía una mente serena, clara y mucho sentido común, que lo llevarían lejos en su profesión. Holmes lo escuchaba atentamente sin ninguna señal de la impaciencia que el ejemplar de oficial con frecuencia le producía.

—¿Es suicidio o asesinato? Esa, caballeros, es la primera pregunta que debemos hacernos, ¿no? Si fue un suicidio, entonces tenemos que creer que este hombre primero se quitó el anillo de bodas y lo escondió, que luego bajó a esta habitación en batín, pisoteó barro en un rincón detrás de la cortina para hacer creer que alguien lo había estado aguardando, abrió la ventana, puso sangre en el...

—Seguramente podemos desechar esa idea —dijo MacDonald.

—Yo coincido. El suicidio es imposible. Entonces se ha cometido un asesinato. Lo que ahora debemos determinar es si fue hecho por alguien que vino de fuera o que ya estaba dentro de la casa.

—Bueno, escuchamos sus argumentos.

—Ambas posibilidades muestran grandes dificultades, pero tuvo que ser una de las dos. Supongamos primero que alguna persona o personas que ya estaban en la casa cometieron el crimen. Trajeron al hombre hasta aquí cuando todo estaba quieto pero nadie dormía. Luego, llevaron a cabo el asesinato con el arma más extraña y ruidosa del mundo como para advertirles a todos de lo que había ocurrido; un arma nunca antes vista en la casa. No parece un comienzo muy probable, ¿o sí?

—No, para nada.

—Bueno, entonces, todos concuerdan en que, después de que se dio la alarma, solo transcurrió un minuto antes de que toda la casa, no solo el Sr. Cecil Barker, que afirma haber sido el primero, sino también Ames y el resto, estuviera en esta habitación. ¿Y ustedes me dicen que en tan poco tiempo el culpable logró dejar huellas en el rincón, abrir la ventana, manchar el alféizar con sangre, quitar el anillo de bodas del dedo del difunto y todo lo demás? ¡Es imposible!

—Usted expone todo con gran claridad —dijo Holmes—. Yo coincido con usted.

—Bueno, entonces debemos volver a la segunda posibilidad: alguien de fuera cometió el crimen. También esta teoría presenta grandes dificultades pero, por lo menos, ya no son imposibles. El hombre entró en la casa entre las cuatro y media y las seis, es decir, entre el atardecer y la hora en que levantaron el puente. Había visitas y la puerta estaba abierta. Nada obstaculizaba su camino. Pudo haber sido un ladrón común o, quizá, guardara algún odio personal hacia el Sr. Douglas. Dado que la víctima había pasado la mayor parte de su vida en América del Norte y esta escopeta parece ser un arma norteamericana, la teoría del odio personal se yergue como la más probable. Entró a hurtadillas en esta habitación porque fue la primera que encontró y se escondió detrás de la cortina. Se quedó allí hasta las once de la noche. A esa hora, el Sr. Douglas entró en la habitación. La entrevista, si es que la hubo, fue breve, ya que la Sra. Douglas afirma que su esposo no se había alejado de ella más de algunos minutos cuando oyó el disparo.

—La vela demuestra eso —dijo Holmes.

—Exacto. La vela, que era nueva, no se había consumido más de media pulgada. Debió dejarla sobre la mesa antes de ser atacado porque, si no, claro está, habría caído al suelo junto a él. Esto demuestra que no fue atacado nada más entrar en la habitación. Cuando el Sr. Barker llegó al cuarto, la lámpara estaba encendida y la vela apagada.

—Eso está lo suficientemente claro.

—Bien, ahora podemos reconstruir lo sucedido siguiendo esas líneas. El Sr. Douglas entra en el cuarto y deja la vela sobre la mesa. Un hombre aparece de detrás de la cortina. Está armado con esta escopeta. Le exige a Douglas que le dé el anillo de bodas (solo Dios sabe por qué, pero debió ocurrir así). El Sr. Douglas se lo dio. Luego, a sangre fría o mientras forcejeaban (Douglas pudo haberse hecho con el martillo que halló sobre la alfombra) le disparó a Douglas de esta manera tan horrible. Dejó caer el arma y, al parecer, también esta extraña tarjeta (V.V. 341, sea cual sea su significado) y escapó por la ventana y a través del foso, al mismo tiempo que Cecil Barker descubría el crimen. ¿Qué le parece todo esto, Sr. Holmes?

—Muy interesante, pero no termina de convencerme.

—¡Hombre, serían totales disparates si no fuera por el hecho de que todas las otras teorías son mucho peores! —exclamó MacDonald—. Alguien mató al hombre y, quienquiera que haya sido, le puedo probar claramente que debió hacerlo de una manera mejor. ¿Por qué se arriesgó a que alguien le cortara la retirada de esa manera? ¿Por qué utilizó una escopeta cuando el silencio era lo único que podía ayudarlo a escapar? Venga, Sr. Holmes, ahora le toca a usted darnos una pista, ya que dice que la teoría del Sr. White Mason no lo convence.

Holmes había permanecido sentado durante toda la conversación sin perderse una sola palabra, muy concentrado, mientras sus ojos agudos se movían rápidamente de izquierda a derecha y su frente se arrugaba especulativamente.

—Me gustaría tener más datos antes de formar una opinión, Sr. Mac —dijo mi amigo mientras se arrodillaba junto al cadáver—. ¡Dios mío! Estas heridas en verdad son horrendas. ¿Podemos decirle al mayordomo que venga unos segundos? Ames, entiendo que usted vio muchas veces esta marca tan poco común, un triángulo dentro de un círculo, en el antebrazo del Sr. Douglas.

—Frecuentemente, señor.

—¿Nunca escuchó una explicación sobre su significado?

—No, señor.

—Debió sentir mucho dolor cuando lo marcaron. Es, sin duda, una quemadura. Ahora veo, Ames, que hay un pequeño pedazo de yeso en el ángulo de la mandíbula del Sr. Douglas. ¿Lo había visto antes?

—Sí, señor, se cortó mientras se afeitaba ayer por la mañana.

—¿Se cortó mientras se afeitaba en alguna otra oportunidad?

—No en mucho tiempo, señor.

—¡Interesante! —dijo Holmes—. Claro está, podría ser una simple coincidencia o podría ser consecuencia de cierto nerviosismo, lo que indicaría que tenía motivos para temer algún peligro. ¿Notó ayer algo extraño en su conducta, Ames?

—Me pareció que estaba un poco inquieto y ansioso, señor.

—¡Ha! Puede ser que el ataque no haya sido totalmente inesperado. Parece que poco a poco avanzamos, ¿no? ¿Prefiere hacer las preguntas, Sr. Mac?

—No, Sr. Holmes, están en mejores manos que las mías.

—Bueno, entonces nos ocuparemos de esta tarjeta: V. V. 341. Es cartón tosco. ¿Guardan este tipo de cartón en la casa?

—Creo que no.

Holmes caminó hacia el escritorio y echó un poco de tinta de cada tintero sobre el papel secante.

—No fue escrita en esta habitación —dijo—, porque esta tinta es negra y la de la tarjeta es un poco más violeta. Además, fue garabateada con una pluma gruesa, y las del Sr. Douglas son finas. Yo diría que fueron hechas en otro lugar. ¿Sabe algo de esta inscripción, Ames?

—No, señor, nada.

—¿Qué piensa usted, Sr. Mac?

—Me da la misma impresión de alguna sociedad secreta que la marca de su antebrazo.

—Yo pienso lo mismo —dijo White Mason.

—Bien, podemos adoptarla como una hipótesis de trabajo y ver cuántas dificultades desaparecen. Un miembro de dicha sociedad entra en la casa, espera al Sr. Douglas, le vuela la cabeza con esta escopeta y escapa vadeando el foso después de dejar atrás una tarjeta junto al cadáver que, cuando se mencione en los periódicos, le comunicará a los otros miembros de la sociedad que la venganza ha sido llevada a cabo. Todo esto tiene sentido. Pero ¿por qué esta escopeta entre todas las que existen?

—Exacto.

—¿Y por qué se llevó el anillo?

—En efecto.

—¿Y por qué todavía no han arrestado a nadie? Ya han pasado las dos. ¿Supongo que desde que salió el sol todos los policías en cuarenta millas a la redonda están buscando a un extraño empapado?

—Así es, Sr. Holmes.

—Bueno, salvo que tenga una guarida en los alrededores o una muda de ropa limpia, difícilmente no lo encontrarán. Y sin embargo, ¡todavía no lo han capturado! —Holmes se había acercado a la ventana y examinaba con su lupa la mancha de sangre sobre el alféizar—. Es claramente la huella de un zapato. Es muy ancha. Diría que es un pie plano y torcido. Un hecho curioso, ya que, por las huellas de lodo que podemos rastrear en el rincón, uno diría que era una suela mejor proporcionada. No obstante, son muy parecidas. ¿Qué es esto debajo de la mesita?

—Las pesas de mano del Sr. Douglas —dijo Ames.

—Pesa de mano, solo hay una. ¿Dónde está la otra?

—No sé, Sr. Holmes. Quizá hubiese una sola. No las he visto en meses.

—Una pesa de mano... —dijo Holmes con seriedad, pero su comentario fue interrumpido por un golpe fuerte en la puerta.

Un hombre alto, bronceado, bien afeitado y de aire capaz se asomó y nos miró. No tuve dificultades en adivinar que era el tal Cecil Barker del que había oído hablar. Sus ojos dominantes iban de un rostro a otro con una mirada inquisitiva.

—Pido disculpas por interrumpir su consulta —dijo—, pero deberían escuchar las últimas noticias.

—¿Un arresto?

—No hemos tenido tanta suerte todavía. Pero han encontrado su bicicleta. El sujeto la dejó tras de sí. Vengan a ver. Está a unas cien yardas de la puerta principal.

Nos topamos con tres o cuatro mozos de caballos y haraganes que estaban parados en el camino observando la bicicleta que había sido extraída de un grupo de arbustos en los que había sido escondida. Era una bicicleta Rudge-Whitworth muy gastada y manchada por un largo viaje. La alforja contenía una llave inglesa y una lata de aceite, pero no había pistas de su dueño.

—Sería de gran ayuda para la policía —dijo el inspector—, si estos objetos estuviesen numerados y registrados. Pero debemos agradecer lo que tenemos. Si no podemos averiguar hacia dónde se fue, por lo menos podremos descubrir de dónde vino. Pero, en nombre de todo lo que es bello, ¿qué pudo hacer que este sujeto dejara la bicicleta atrás? ¿Y cómo diablos se nos escapó sin ella? No parece que se aclare mucho el asunto, Sr. Holmes.

—¿Ah, no? —contestó mi amigo pensativamente—. Tengo mis dudas...

La gente del drama

—¿**H**a visto todo lo que quería del estudio? —preguntó White Mason mientras volvíamos a entrar en la casa.

—Por ahora sí —dijo el inspector. Holmes asintió.

—Entonces, quizá quieran escuchar ahora los testimonios de las personas de la mansión. Podemos utilizar el comedor, Ames. Por favor, entre usted primero y díganos lo que sabe.

El relato del mayordomo fue simple y claro, y dio una convincente impresión de sinceridad. Había sido contratado cinco años atrás, cuando Douglas llegó a Birlstone por primera vez. Entendía que el Sr. Douglas era un caballero rico que había hecho dinero en América. Había sido un jefe amable y considerado, no como aquellos a los que estaba acostumbrado Ames, pero uno no puede tenerlo todo. Nunca percibió señales de temor en el Sr. Douglas. Al contrario, era el hombre más intrépido que había conocido. Ordenaba que se izara el puente todas las noches porque esa era la antigua costumbre de la vieja casa y quería mantener viva la tradición.

El Sr. Douglas raras veces iba a Londres o abandonaba la aldea, pero el día anterior al crimen había estado de compras en Tunbridge Wells. Él, Ames, había notado ese día cierta inquietud y ansiedad en el Sr. Douglas, ya que parecía impaciente e irritable, algo muy inusual en él. Ames no se había acostado esa noche, sino que estaba en la despensa al fondo de la casa, guardando la vajilla, cuando escuchó que alguien tocaba violentamente la campanilla. No oyó el disparo, pero era casi imposible que lo hiciera, ya que la despensa y la cocina estaban al fondo de la casa y había varias puertas y un largo pasillo en medio. El ama de llaves había salido de su cuarto, atraída por el ruido furioso de la campanilla. Habían ido juntos a la parte delantera de la casa.

Cuando llegaron al pie de la escalera, había visto a la Sra. Douglas bajando por ella. No, no bajaba apresuradamente. A Ames le parecía que no estaba particularmente inquieta. Justo cuando llegaba al pie de la escalera, el Sr. Barker emergió corriendo del estudio. Detuvo a la Sra. Douglas y le suplicó que volviera a su habitación.

—¡Por amor de Dios, vuelva a su alcoba! —gritó—. El pobre Jack está muerto. Usted no puede hacer nada. ¡Por amor de Dios, vuelva a su alcoba!

Tras unos minutos de persuasión sobre las escaleras, la Sra. Douglas había regresado. No gritó, no emitió ninguna exclamación. La Sra. Allen, el ama de llaves, la había acompañado arriba y permaneció con ella en la habitación. Ames y el Sr. Baker regresaron al estudio, donde hallaron todo exactamente como lo había visto la policía. La vela no estaba encendida en ese momento, pero la lámpara sí. Se habían asomado por la ventana, pero la noche era muy oscura y no pudieron ver ni oír nada. Luego, habían corrido al vestíbulo, donde Ames operó el molinete que bajaba el puente. Entonces, el Sr. Barker se había ido a buscar a la policía.

Ese era, esencialmente, el testimonio del mayordomo.

El relato de la Sra. Allen, el ama de llaves, era, hasta donde llegaba, una corroboración del de su compañero de trabajo. La habitación del ama de llaves se encontraba bastante más cerca del frente de la casa que la despensa donde Ames había estado trabajando. Ella estaba preparándose para acostarse cuando el ruido de la campanilla llamó su atención. No oía muy bien, quizá por esa razón no había escuchado el disparo. En cualquier caso, el estudio estaba lejos. Recordaba haber oído algún ruido que le pareció una puerta que se cerraba con fuerza. Eso había sido mucho antes,

por lo menos media hora antes de la campanilla. Cuando el Sr. Ames corrió hacia el frente de la casa, ella lo acompañó. Vio al Sr. Barker, muy pálido y excitado, salir del estudio. Interceptó a la Sra. Douglas que bajaba las escaleras. Le suplicó que regresara, y ella le contestó, pero no pudo oír lo que decía.

—¡Llévela al cuarto y quédese con ella! —le había ordenado el Sr. Barker a la Sra. Allen.

Por eso, el ama de llaves había llevado a la Sra. Douglas a su alcoba, donde intentó calmarla. Estaba muy excitada y todo su cuerpo temblaba, pero no volvió a intentar bajar las escaleras. Solo se sentó en bata junto a la chimenea, con la cabeza hundida entre las manos. La Sra. Allen permaneció con ella casi toda la noche. En cuanto a los demás sirvientes, todos se habían acostado ya y la alarma no les llegó hasta poco antes de que la policía llegara a la casa. Dormían en el extremo posterior de la mansión y era imposible que hubiesen oído algo.

Hasta ahí, el testimonio del ama de llaves, quien no pudo agregar nada más cuando se la interrogó detenidamente, salvo algunas lamentaciones y expresiones de asombro.

El Sr. Cecil Barker fue el siguiente testigo. En cuanto a los sucesos de la noche anterior, no tenía mucho más que agregar a lo que ya le había dicho a la policía. Personalmente, estaba convencido de que el asesino había escapado por la ventana. La mancha de sangre era, para él, una prueba concluyente de ello. Además, el puente había sido izado y no existía otra manera de escapar de la casa. No podía explicar qué había sido del asesino, ni por qué había abandonado su bicicleta, si de verdad pertenecía al criminal. Era imposible que se hubiese ahogado en el foso, que no tenía una profundidad mayor a los tres pies. Tenía su propia teoría precisa sobre el asesinato. Douglas había sido un hombre muy reservado, y nunca hablaba de ciertos capítulos de su vida pasada. Había emigrado a América del Norte desde Irlanda cuando era joven. Prosperó muy bien y Barker lo conoció en California, donde administraron conjuntamente una concesión minera en un lugar llamado Benito Canyon. Les había ido muy bien, pero Douglas repentinamente vendió su parte del negocio y se fue a Inglaterra. En esa época era viudo. Después, Barker había tomado su dinero y se había ido a vivir a Londres. Así habían renovado su amistad.

A Cecil Barker le había parecido que algún peligro amenazaba a Douglas, y siempre había considerado que su repentino abandono de California y el hecho de que hubiese alquilado una casa en un lugar tan tranquilo guardaban relación con ese peligro. Se imaginaba que alguna sociedad secreta, una organización implacable, perseguía a Douglas, y que no descansaría hasta matarlo. Algunos comentarios de su amigo le habían sugerido esa idea, aunque nunca le hubiese dicho qué sociedad era ni cómo la había ofendido. Solo podía suponer que la inscripción en la tarjeta guardaba alguna alusión a esa sociedad secreta.

—¿Cuánto tiempo estuvo con Douglas en California? —preguntó el inspector MacDonald.

—Cinco años en total.

—¿Usted dice que era soltero?

—Viudo.

—¿Alguna vez le dijo de dónde era su esposa?

—No, recuerdo que me dijo una vez que era de origen alemán, y he visto su retrato. Era una mujer muy hermosa. Murió de tifus un año antes de que yo lo conociera.

—¿Usted no asocia su pasado con alguna parte específica de los Estados Unidos?

—Le he oído hablar de Chicago. Lo conocía muy bien porque había trabajado allí. Le he escuchado hablar de las regiones de carbón y de hierro. Viajó mucho en su juventud.

—¿Era un político? ¿Esa sociedad secreta tenía algo que ver con la política?

—No, no le importaba la política.

—¿Tiene alguna razón para creer que era una organización criminal?

—Al contrario, nunca conocí a un hombre más honrado en mi vida.

—¿Había algo extraño en su vida en California?

—Prefería quedarse en las montañas y trabajar en nuestra concesión. Si no era estrictamente necesario, nunca frecuentaba lugares donde había hombres. Por esta razón comencé a creer que alguien lo perseguía. Luego, cuando se fue tan repentinamente a Europa, estuve seguro de ello. Creo que recibió una advertencia de algún tipo. Una semana después de su ida, media docena de hombres preguntaron por él.

—¿Qué clase de hombres?

—Bueno, parecía ser un grupo bastante rudo. Vinieron a nuestras minas y querían saber dónde estaba. Les dije que se había ido a Inglaterra y que no sabía dónde podían encontrarlo. Era obvio que sus intenciones no eran buenas.

—¿Estos hombres eran norteamericanos, californianos?

—Bueno, no sé si eran de California. Sin duda eran norteamericanos, pero no mineros. No sé a qué se dedicaban y me alegré mucho cuando se fueron.

—¿Esto ocurrió hace seis años?

—Casi siete.

—¿Y para aquel entonces ya habían estado juntos en California durante cinco años, de manera que todo aquel asunto ocurrió como mínimo hace once años?

—Así es.

—Debe ser un odio muy fuerte el que se mantenga durante tanto tiempo y con tanto celo. La causa de semejante enemistad no debe de haber sido un asunto menor.

—Creo que ensombreció toda su vida. Nunca dejaba de pensar en ello.

—Pero si un hombre está en peligro y sabe qué es lo que lo amenaza, ¿no cree usted que le hubiese pedido protección a la policía?

—Quizá fuese algún peligro contra el que no existía protección posible. Hay algo que deben saber. Siempre estaba armado. Nunca sacaba su revólver del bolsillo. Desagraciadamente anoche estaba en batín y había dejado el arma en su alcoba. Una vez que izaban el puente, supongo que se sentía seguro.

—Me gustaría tener fechas más precisas de todo esto —dijo MacDonald—. Han pasado seis años desde que Douglas abandonó California. Usted siguió sus pasos al año siguiente, ¿no es así?

—Así es.

—Y Douglas estuvo casado cinco años. Usted debió de llegar poco tiempo antes de la boda.

—Alrededor de un mes antes. Fui su padrino.

—¿Conocía usted a la Sra. Douglas antes de que se casaran?

—No. Había estado diez años lejos de Inglaterra.

—Pero desde que regresó ha estado mucho con ella.

Barker miró al detective con severidad.

—He estado mucho con él —contestó—. Si la he visto mucho es porque no es posible visitar a un hombre sin conocer a su esposa. Si usted se imagina que existe alguna relación...

—No me imagino nada, Sr. Barker. Debo hacerle todas las preguntas que puedan ser relevantes para el caso. Mi intención no es ofender.

—Algunas preguntas son ofensivas —contestó Barker con enojo.

—Solo queremos los hechos. Es por su bien y el bien de todos por lo que esos hechos deben ser aclarados. ¿El Sr. Douglas aprobaba totalmente la amistad con su esposa?

Barker empalideció y sus manos fuertes y grandes comenzaron a temblar.

—¡No tiene derecho a hacer semejantes preguntas! —gritó—. ¿Qué tiene que ver esto con el caso que investiga?

—Debo repetirle la pregunta.

—Me niego a responder.

—Usted puede negarse a responderla, pero debe entender que su negación es en sí una respuesta, ya que no rehusaría si no tuviese nada que esconder.

Barker se detuvo un momento con una expresión implacable en su rostro y sus fuertes cejas negras fruncidas en intenso pensamiento. Luego nos miró con una sonrisa.

—Bueno, caballeros, supongo que, después de todo, ustedes solo están cumpliendo su deber y yo no soy quién para obstaculizar la investigación. Solo les pido que no molesten a la Sra. Douglas con este asunto, porque ya ha sufrido demasiado. Puedo decirles que el desgraciado Douglas tenía un solo defecto: los celos. Me tenía cariño, ningún hombre podría sentir más cariño hacia un amigo, y estaba totalmente enamorado de su esposa. Le encantaba que yo viniera por aquí y siempre me invitaba. Sin embargo, si yo hablaba con su esposa a solas o surgía cierta simpatía entre nosotros, algo parecido a una ola de celos lo ahogaba y, repentinamente, perdía todos los estribos y comenzaba a decir las cosas más horribles. Más de una vez juré que no volvería por esa razón, pero siempre me escribía cartas de arrepentimiento, suplicando mi perdón, y siempre terminaba regresando. ¡Pero pueden creerme, caballeros, cuando les digo que ningún hombre jamás tuvo una esposa más amorosa y fiel, y también puedo decirles que nunca hubo un amigo más leal que yo!

Había hablado con mucho fervor y sentimiento, y, sin embargo, el inspector MacDonald insistía con el tema.

—¿Sabe usted que quitaron el anillo de bodas del dedo? —preguntó.

—Así parece.

—¿Qué quiere decir con «parece»? Usted sabe que es un hecho.

El hombre parecía confundido e indeciso.

—Cuando dije «parece», quise decir que también existe la posibilidad de que él mismo se lo hubiese quitado antes.

—El solo hecho de que falte el anillo, quienquiera que lo haya sacado, es suficiente para sugerir que el matrimonio y la tragedia están conectados, ¿no es así?

Barker encogió sus anchos hombros.

—No pretendo saber lo que sugiere —contestó—. Pero si usted pretende insinuar que esto puede reflejarse de cualquier manera sobre el honor de esta dama... —sus ojos se encendieron por un instante y luego, con un esfuerzo evidente, controló sus emociones—. Bueno, están siguiendo el camino equivocado.

—Por el momento no tengo nada más para preguntarle —dijo MacDonald con frialdad.

—Hay una sola cosa —comentó Sherlock Holmes—. Cuando usted entró a la habitación, solo había una vela encendida sobre la mesa, ¿no es así?

—Así es.

—¿Gracias a esta luz usted vio que algo terrible había sucedido?

—Exacto.

—¿Usted llamó inmediatamente para pedir ayuda?

—Sí.

—¿Y llegó pronto?

—Tardó un minuto más o menos.

—Sin embargo, cuando llegaron encontraron la vela apagada y la lámpara encendida. Algo muy notable.

De nuevo Barker mostró señales de indecisión.

—No veo nada muy notable, Sr. Holmes —contestó después de una pausa—. La vela iluminaba muy poco. Lo primero que pensé fue que debía conseguir otra mejor. La lámpara estaba sobre la mesa, y la encendí.

—¿Y sopló la vela?

—Exacto.

Holmes no preguntó nada más y Barker, con una mirada deliberada a cada uno de nosotros que, me pareció, expresaba cierto desafío, dio media vuelta y abandonó el cuarto.

El inspector MacDonald había enviado una nota para informar a la Sra. Douglas de que se entrevistaría con ella en su habitación, pero la dama había respondido que se reuniría con nosotros en el comedor. Entraba ahora una mujer alta y hermosa, de treinta años de edad, muy reservada y dueña de sí misma, muy distinta a la figura trágica y turbada que me había imaginado. Es verdad que su rostro estaba pálido y cansado como el de alguien que ha sufrido un golpe devastador, pero su porte era sosegado y la delicada mano que apoyó sobre el borde de la mesa estaba tan firme como la mía. Sus ojos tristes y atrayentes miraron interrogativamente a cada uno de nosotros. Aquella mirada inquisitiva se transformó repentinamente en unas palabras bruscas.

—¿Han hallado algo ya? —inquirió.

¿Fue mi imaginación o en su pregunta había cierto tono de miedo en lugar de esperanza?

—Estamos haciendo todo lo posible, Sra. Douglas —dijo el inspector—. Puede estar segura de que no dejaremos nada de lado.

—No se preocupen por el dinero —dijo con tono muerto y plano—. Quiero que se hagan todos los esfuerzos posibles.

—Quizá pueda decirnos algo que arroje un poco de luz sobre el asunto.

—Me temo que no, pero todo lo que sé está a su servicio.

—El Sr. Cecil Barker nos ha informado de que usted en realidad no presenció... que usted no ha estado en la habitación donde ocurrió la tragedia.

—No, me detuvo en las escaleras y me mandó de vuelta a mi habitación. Me suplicó que regresara a mi cuarto.

—En efecto. Usted había escuchado el disparo e inmediatamente bajó las escaleras.

—Me puse la bata y después bajé.

—¿Cuánto tiempo transcurrió entre el momento en que oyó el disparo y el momento en que el Sr. Barker la detuvo en las escaleras?

—Quizá un par de minutos. Es muy difícil calcular el paso del tiempo en semejantes circunstancias. Me suplicó que no bajara. Me aseguró que yo no podía hacer nada. Luego, la Sra. Allen, el ama de llaves, me condujo a mi habitación. Todo parecía una horrible pesadilla.

—¿Puede darnos alguna idea de cuánto tiempo hacía que su esposo estaba aquí abajo cuando escuchó el disparo?

—No, no lo sé. Se fue directamente desde su vestidor, y yo no lo escuché bajar las escaleras. Todas las noches inspeccionaba la casa porque temía un incendio. Que yo sepa, era lo único que temía.

—Justo iba a eso mismo, Sra. Douglas. Usted conoció a su esposo en Inglaterra, ¿no es así?

—Sí, hemos estado casados cinco años.

—¿Alguna vez lo escuchó hablar de algo que le hubiera ocurrido en América que podía ponerlo en peligro?

La Sra. Douglas pensó seriamente antes de contestar.

—Sí —dijo al fin—. Siempre sentí que cierto peligro lo acechaba. Se negaba a discutir el tema conmigo. No porque no confiara en mí, ya que siempre existió una confianza y un amor total entre nosotros, sino porque no quería alarmarme en lo más mínimo. Pensaba que yo me obsesionaría si lo sabía todo y por eso me lo ocultó.

—Entonces, ¿cómo lo supo?

El rostro de la Sra. Douglas se iluminó con una breve sonrisa.

—¿Acaso es posible que un esposo mantenga algo en secreto toda su vida y que la mujer que lo ama nunca se entere? Sabía porque se negaba a hablar de ciertos episodios de su vida en América del Norte. Sabía por ciertas precauciones que tomaba. Sabía por ciertas palabras que se le escapaban. Sabía por la forma en que miraba a los extraños inesperados. Estaba completamente segura de que tenía enemigos poderosos, que él sabía que lo perseguían y que siempre estaba en guardia contra ellos. Tan segura estaba de todo esto que desde hace años me aterraba cuando llegaba a casa más tarde de lo normal.

—¿Puedo preguntarle cuáles fueron las palabras que llamaron su atención? —peguntó Holmes.

—El valle del miedo —contestó la dama—. Esa es una expresión que utilizaba cuando yo lo interrogaba sobre este tema. «He estado en el valle del miedo. Todavía no estoy fuera de él.» «¿Saldremos alguna vez del valle del miedo?», le preguntaba cuando lo notaba más serio de lo normal. «A veces creo que nunca saldremos», me contestaba.

—Sin duda le preguntó qué quería decir con esa expresión, ¿no?

—Sí, pero su rostro se volvía muy serio y sacudía la cabeza. «Ya es suficientemente malo que uno de nosotros haya estado bajo su sombra», decía. «¡Le suplico a Dios que nunca caiga sobre ti!». Era un valle real en el que había vivido y en el que algo horrible le había ocurrido, de eso estoy segura. No puedo decirles más.

—¿Nunca mencionó ningún nombre?

—Sí. Una vez, hace tres años, deliraba por la fiebre después de un accidente que tuvo mientras cazaba. Recuerdo que repetía un nombre sin parar. Lo decía con furia y miedo. McGinty era el nombre, el maestro del cuerpo McGinty. Le pregunté quién era el maestro del cuerpo McGinty cuando se recuperó y de qué cuerpo era el dueño. «¡Nunca del mío, gracias a Dios!», me contestó con una risa. Eso fue todo lo que pude sonsacarle. Pero hay cierta relación entre el maestro del cuerpo McGinty y el valle del miedo.

—Otra cosa —dijo el inspector MacDonald—. Usted conoció al Sr. Douglas en una pensión en Londres y se comprometió con él allí, ¿no es así? ¿Hubo algún romance, algo secreto o misterioso con respecto a la boda?

—Hubo romance. Siempre hay romance, pero no hubo nada misterioso.

—¿No tenía ningún rival?

—No, yo era soltera.

—Sin duda, usted sabe que le han quitado su anillo de bodas. ¿Le dice algo eso? Suponiendo que algún enemigo de su pasado lo hubiese rastreado hasta aquí y hubiese cometido este crimen, ¿qué motivos podría tener para llevarse el anillo de bodas?

Hubiese jurado que, por un instante, la levísima sombra de una sonrisa hizo vacilar los labios de la dama.

—Realmente no sé —contestó—. Es, en verdad, algo extraordinario.

—Bueno, no la retendremos por más tiempo y le pedimos disculpas por haberla molestado en esta circunstancia tan difícil —dijo el inspector—. Sin duda habrá otros temas, pero podemos preguntarle a medida que vayan surgiendo.

La dama se puso de pie y nuevamente fui consciente de esa mirada breve e interrogadora con la que nos había observado: «¿Qué impresión ha dejado mi testimonio en ustedes?». La pregunta era tan clara como si la hubiese puesto en palabras. Luego, con una inclinación, se retiró del cuarto.

—Es una mujer hermosa, muy hermosa —dijo MacDonald pensativamente después de que la puerta se cerrara detrás de ella—. Este hombre Barker sí que ha estado aquí muchas veces. Es un hombre que podría atraer a una mujer. Confiesa que Douglas estaba celoso y quizá sepa muy bien la causa de esos celos. Después tenemos lo del anillo de boda. No podemos olvidarnos de eso. El hombre que arranca un anillo de bodas del dedo de un muerto... ¿Qué piensa usted de eso, Sr. Holmes?

Mi amigo estaba sentado con la cabeza apoyada sobre las manos, absorto en las meditaciones más profundas. Se incorporó e hizo sonar la campana.

—Ames —dijo cuando entró el mayordomo—. ¿Dónde está el Sr. Cecil Barker?

—Iré a ver, señor.

Regresó en unos minutos para informarnos de que el Sr. Barker se hallaba en el jardín.

—¿Recuerda, Ames, qué llevaba en los pies el Sr. Barker anoche cuando usted lo encontró en el estudio?

—Sí, Sr. Holmes, llevaba sus pantuflas para dormir. Le traje las botas cuando fue a buscar a la policía.

—¿Dónde están esas pantuflas ahora?

—Todavía están debajo de la silla en el vestíbulo.

—Muy bien, Ames. Es, por supuesto, importante para nosotros saber qué huellas son del Sr. Barker y cuáles de fuera.

—Sí, señor. Puedo decirles que sus pantuflas estaban manchadas de sangre, como también las mías.

—Eso es lógico si consideramos el estado de la habitación. Muy bien, Ames. Lo llamaremos si lo necesitamos.

Unos minutos después estábamos en el estudio. Holmes había traído consigo las pantuflas. Como nos había dicho Ames, la suela de ambas estaba oscurecida por la sangre.

—¡Qué extraño! —murmuró Holmes mientras permanecía a la luz de la ventana y las examinaba detalladamente—. ¡Muy extraño en realidad!

Se agachó con uno de sus rápidos movimientos felinos y apoyó la pantufla sobre la mancha de sangre en el alféizar. Encajaba perfectamente. Sonrió en silencio a sus colegas.

El inspector estaba transfigurado por el nerviosismo. Su acento natal traqueteaba como un palo en medio de las vías de un tren.

—¡Hombre —exclamó—, no quedan dudas! Barker marcó él mismo la ventana. Es mucho más ancha que la huella de cualquier bota. Recuerdo que usted dijo que era un pie plano y torcido, pero aquí tenemos la explicación. ¿Cuál es el juego, Sr. Holmes, cuál es el juego?

—Ah, ¿cuál es el juego? —repitió mi amigo pensativamente. White Mason rio entre dientes y se frotó sus manos gordas, lleno de satisfacción profesional.

—¡Les dije que era muy complicado! —exclamó—. ¡Y es bien complicado!

Una luz incipiente

Los tres detectives tenían que resolver muchos detalles del caso, por lo que regresé solo a nuestras habitaciones modestas en la posada del pueblo. Pero antes de irme, di un paseo por el curioso jardín antiguo que flanqueaba la casa. Filas de tejos muy ancianos cortados en diseños extraños lo rodeaban. En el centro había un hermoso tramo de césped con un viejo reloj de sol en el centro. De todo emanaba una sensación de tranquilidad y sosiego bienvenida por mis nervios tensos. Dentro de esa profunda atmósfera pacífica, uno podía olvidar o recordar solamente como una pesadilla fantástica aquel estudio oscuro con la figura extendida y manchada de sangre sobre el piso. Y, sin embargo, mientras paseaba por el jardín e intentaba sumergir mi alma en su gentil bálsamo, ocurrió un extraño acontecimiento que me trajo de vuelta a la tragedia y dejó una impresión siniestra en mi mente.

Ya he dicho que filas de tejos rodeaban el jardín. En el extremo más alejado de la casa, se espesaban hasta formar un seto grueso y continuo. Del otro lado del seto, oculto a los ojos de cualquiera que se acercara desde la casa, había un banco de piedra. Al aproximarme al lugar escuché voces, algunos comentarios en el tono grueso de un hombre a los que respondió una pequeña risa femenina. Un instante después, rodeé el seto y mis ojos descubrieron a la Sra. Douglas y al tal Barker antes de que se percataran de mi presencia. El aspecto de ella me asombró. En el comedor había aparecido recatada y discreta. Ahora, toda pretensión de dolor había desaparecido. Sus ojos brillaban con alegría de vivir y su rostro aún temblaba de gozo después de las palabras de su compañero. Barker estaba sentado hacia delante con sus manos juntas y los antebrazos sobre sus rodillas, y una sonrisa sobre su rostro hermoso y audaz. En un instante —pero fue un instante demasiado tarde—, adoptaron de nuevo sus máscaras solemnes cuando vieron mi figura. Intercambiaron unas palabras rápidas y luego Barker se incorporó y se me acercó.

—Discúlpeme, señor —dijo—. ¿Es usted el Dr. Watson?

Respondí con una inclinación fría que, me atrevo a decir, mostró claramente la impresión que ambos me habían causado.

—Pensamos que probablemente sería usted, ya que su amistad con el Sr. Sherlock Holmes es muy conocida. ¿Le molestaría acompañarme para hablar unos momentos con la Sra. Douglas?

Lo seguí con expresión severa. Claramente podía ver en mi mente la figura destrozada sobre el piso. Aquí estaban, pocas horas después de la tragedia, su esposa y su mejor amigo riéndose detrás de un arbusto en el jardín que había sido suyo. Saludé a la dama con reservas. Me había apenado de su dolor en el comedor, pero ahora respondía a su mirada suplicante con ojos insensibles.

—Me temo que usted me considera fría y dura de corazón —dijo.

Me encogí de hombros.

—No es algo que me incumba —respondí.

—Quizá algún día me aprecie debidamente. Si usted supiese...

—No hay necesidad de que el Dr. Watson sepa —dijo Barker rápidamente—. Como él mismo ha dicho, no es de su incumbencia.

—Exacto —dije—. Siendo así, le pido que me permitan retomar mi paseo.

—Un momento, Dr. Watson —exclamó la mujer con voz suplicante—. Hay una pregunta que usted puede contestar con más autoridad que nadie en este mundo, y que podría significar mucho para mí. Usted conoce las

relaciones entre el Sr. Holmes y la policía mejor que nadie. Suponiendo que alguien le contase un asunto confidencial, ¿es absolutamente necesario que informe a los detectives?

—Sí, eso es —dijo Barker con avidez—. ¿Trabaja solo o siempre con ellos?

—Realmente no creo que pueda discutir justificadamente con ustedes sobre ese punto.

—¡Le pido, le suplico que lo haga, Dr. Watson! Le aseguro que nos estará ayudando, me estará ayudando mucho si nos aclara esto.

La voz de la dama tenía un tono tan sincero que por un momento olvidé completamente su frivolidad y me sentí movido a cumplir su voluntad.

—El Sr. Holmes es un investigador independiente —dije—. Es su propio jefe y actúa siguiendo los dictámenes de su propio juicio. Al mismo tiempo, lógicamente sentiría lealtad hacia los oficiales que trabajan en el mismo caso y no les ocultaría nada que pudiera ayudarlos a llevar ante la justicia a un criminal. No puedo decirles nada más, y los remito al mismo Sr. Holmes si desean más información.

Después de decir esto, tomé el sombrero y continué mi camino, deján-dolos sentados detrás del seto que los escondía. Miré hacia atrás mientras rodeaba el extremo del arbusto y vi que continuaban hablando ávidamente y, por cómo me observaban, era claro que nuestra entrevista era el tema de su conversación.

—No me interesan sus confidencias —dijo Holmes cuando le conté lo que me había sucedido. Había pasado toda la tarde en Manor House con-sultando con sus dos colegas y había regresado alrededor de las cinco vo-razmente hambriento. Le había ordenado un té bien cargado—. Ninguna confidencia, Watson, porque se vuelven embarazosas si debemos realizar un arresto bajo los cargos de conspiración y asesinato.

—¿Cree que sucederá eso?

Estaba en su humor más alegre y *débonnaire*.

—Mi querido Watson, cuando haya eliminado la cuarta posibilidad estaré listo para relatarle toda la situación. No digo que la hayamos resuelto (esta-mos lejos de ello), pero cuando hayamos encontrado la pesa desaparecida...

—¡La pesa!

—Dios mío, Watson, ¿acaso es posible que usted todavía no se haya dado cuenta de que todo el caso depende de la pesa perdida? Bueno, bueno, no debe desalentarse. Entre nosotros dos, no creo que el inspector Mac ni el excelente oficial local hayan captado la abrumadora importancia de este incidente. ¡Una pesa, Watson! Piense en un atleta con una pesa, considere el desarrollo unilateral, el peligro inminente de una curvatura espinal. ¡Impactante, Watson, impactante!

Estaba sentado con la boca llena de tostada y sus ojos brillando con malicia, observando mi confusión intelectual. Su excelente apetito parecía ser una garantía de éxito, porque recordaba días y noches sin una pizca de comida, cuando su mente confundida chocaba contra algún problema y sus facciones esbeltas y ansiosas se volvían más atenuadas con el ascetismo de la total concentración mental. Finalmente, encendió su pipa y, sentándose en el recoveco junto al hogar de la posada del antiguo pueblo, habló despacio y al azar sobre su caso, más bien como alguien que piensa en voz alta que como alguien que hace una declaración preparada.

—Una mentira, Watson, una enorme, gigante, descomunal, llamativa e intransigente mentira, ¡eso es lo que nos espera en el umbral de la puerta! Ese es nuestro punto de partida. Toda la historia que nos contó Barker es una mentira. Pero su relato fue corroborado por la Sra. Douglas. Por tanto, ella también miente. Ambos mienten y conspiran. Ahora tenemos el verdadero problema: ¿por qué mienten y cuál es la verdad que intentan esconder con tanto ahínco? Intentemos, Watson, usted y yo, penetrar la mentira y reconstruir la verdad.

»¿Cómo sé que están mintiendo? Porque es una invención torpe que simplemente no puede ser verdad. ¡Considere! Según la historia que nos contaron, el asesino tuvo menos de un minuto después de cometer el asesinato para sacar el anillo (que estaba debajo de otro anillo) del dedo del muerto, para volver a colocar el otro (algo que seguramente jamás hubiese hecho) y para dejar junto al cadáver esa extraña tarjeta. Yo considero que todo eso es, sin duda, imposible.

»Usted podrá decirme, pero respeto demasiado su juicio, Watson, como para creer que lo haría, que el anillo fue quitado antes de que el hombre fuese asesinado. El hecho de que la vela estuviera encendida tan poco tiempo muestra que no hubo una entrevista larga. Por lo que nos han dicho de su carácter temerario, ¿era Douglas un hombre que entregaría su anillo de bodas rápidamente o podemos pensar que nunca lo entregaría? No, no, Watson, el asesino estuvo a solas con el hombre muerto y la vela encendida durante bastante tiempo. No tengo dudas de eso.

»Pero el disparo del arma fue, aparentemente, la causa de la muerte. Por lo tanto, el disparo debió efectuarse antes de lo que nos dijeron. Sin embargo, nadie puede equivocarse sobre un tema semejante. Por lo tanto, estamos ante una conspiración premeditada planeada por las dos personas que oyeron el disparo: el hombre Barker y la mujer Douglas. Cuando, además de esto, puedo probar que la mancha de sangre sobre el alféizar de la ventana fue deliberadamente colocada allí por Barker para darle una pista falsa a la policía, usted admitirá que todo el asunto señala oscuramente hacia él.

»Ahora, debemos preguntarnos a qué hora realmente ocurrió el asesinato. Hasta las diez y media, los sirvientes se movían por toda la casa, así que no pudo ocurrir antes de esa hora. A las once menos cuarto, todos se retiraron a sus habitaciones con excepción de Ames, que se hallaba en la despensa. Estuve probando algunos experimentos después de que usted nos dejara esta tarde y descubrí que ningún ruido que MacDonald hiciera en el estudio pudo penetrar hasta la despensa cuando todas las puertas estaban cerradas.

»Sin embargo, lo contrario ocurre desde la habitación del ama de llaves. No se encuentra muy lejos, y desde allí pude escuchar una voz cuando era lo suficientemente fuerte. El ruido de una escopeta se amortigua un poco cuando se dispara a corta distancia, como sin duda lo fue en este caso. No sería muy fuerte, pero en el silencio nocturno debió escucharse fácilmente en la habitación de la Sra. Allen. Ella es, como nos ha dicho, un poco sorda, pero mencionó en su testimonio que oyó algo parecido a una puerta cerrándose con violencia media hora antes de que se diera la alarma, es decir, a las once menos cuarto. No tengo dudas de que lo que escuchó fue el disparo y que este fue el verdadero instante del asesinato.

»Si esto ocurrió así, entonces debemos determinar qué estaban haciendo Barker y la Sra. Douglas (suponiendo que ellos no hayan sido los asesinos) desde las once menos cuarto, cuando el ruido del disparo les hizo bajar las escaleras, hasta las once y cuarto, cuando hicieron sonar la campanita y llamaron a los sirvientes. ¿Qué estaban haciendo y por qué no dieron la alarma inmediatamente? Esta es la pregunta con la que nos enfrentamos y, cuando la hayamos respondido, sin duda estaremos más cerca de resolver el problema.

—Yo mismo estoy convencido —dije— de que hay cierto entendimiento entre esas dos personas. Ella debe ser una dama cruel si puede reírse de una broma apenas unas horas después del asesinato de su marido.

—Exacto. Ni siquiera destaca como esposa en su propio relato de lo que ocurrió. Como usted sabe, Watson, yo no admiro mucho al género femenino, pero la vida me ha enseñado que hay pocas esposas que, sintiendo aprecio hacia sus maridos, permitirían que las palabras de un hombre se interpusieran entre ellas y el cadáver de su esposo. Si alguna vez me caso, Watson, espero inspirar en mi esposa algún sentimiento que impida que el ama de llaves se la lleve cuando mi cuerpo yace a pocas yardas de distancia. Todo estuvo muy mal preparado, ya que incluso al investigador más novato le sorprendería la ausencia de las habituales lamentaciones femeninas. Si no hubiese nada más, esta sola circunstancia me habría sugerido una conspiración premeditada.

—¿Entonces usted cree sin duda que Barker y la Sra. Douglas son culpables del homicidio?

—Sus preguntas son pasmosamente directas, Watson —dijo Holmes sacudiendo su pipa en mi dirección—. Vienen hacia mí como balas. Si usted dice que la Sra. Douglas y Barker conocen la verdad del crimen y están conspirando para ocultarlo, entonces puedo darle una respuesta honesta: estoy seguro de que sí. Pero su fatal suposición no está tan clara. Consideremos por un momento las dificultades que obstaculizan nuestro camino.

»Supondremos que la pareja está unida por los lazos de un amor culpable y que han determinado eliminar al hombre que se interponía entre ellos. Es una suposición muy problemática, ya que una pesquisa discreta entre los sirvientes y otras personas no ha podido corroborarlo. Al contrario, tenemos muchas evidencias de que los Douglas se querían mucho.

—Estoy seguro de que eso no puede ser verdad —dije mientras pensaba en el hermoso rostro sonriente en el jardín.

—Bueno, por lo menos daban esa impresión. Sin embargo, supondremos que son una pareja extraordinariamente astuta que ha engañado a todos en ese aspecto y que conspiran para matar al marido. Da la casualidad de que el esposo es un hombre sobre el cual pende un peligro...

—Solo tenemos su palabra sobre eso.

Holmes pareció reflexionar.

—Veo, Watson, que usted está esbozando una teoría en la que todo lo que dijeron desde el principio es falso. Según su idea, nunca existió la amenaza oculta, ni la sociedad secreta, ni el valle del miedo, ni el jefe MacAlguien, ni todo lo demás. Bueno, esa es una generalización muy amplia. Veamos adónde nos lleva. Inventan esta teoría para explicar el crimen. Luego, ellos dan vida a la idea dejando una bicicleta en el jardín como prueba de la existencia de algún forastero. La mancha sobre el alféizar de la ventana transmite la misma idea. También la tarjeta sobre el cadáver, que pudo haber sido escrita en la casa. Todo eso forma parte de su hipótesis, Watson. Pero ahora llegamos a esos puntos molestos, angulares e intransigentes que no quieren entrar en los lugares que les corresponden. ¿Por qué, de entre todas las armas del mundo, una escopeta serrada, y por qué norteamericana? ¿Cómo podían estar seguros de que el ruido no atraería a alguien al lugar? Fue pura casualidad que la Sra. Allen no investigara la puerta que se cerraba violentamente. ¿Por qué hizo todo esto su pareja culpable, Watson?

—Confieso que no sé cómo explicarlo.

—Además, si una mujer y su amante conspiran para asesinar al marido, ¿anunciarían su delito arrancando ostentosamente el anillo de bodas de su dedo? ¿Eso le suena probable, Watson?

—No.

—Y, de nuevo, si la idea de dejar una bicicleta escondida fuera de la casa se le hubiese ocurrido a usted, ¿hubiese valido la pena realmente dejarla allí cuando el detective más estúpido lógicamente diría que era una clara pista falsa, ya que la bicicleta era el objeto más importante que el fugitivo necesitaba para escaparse?

—No se me ocurre ninguna explicación.

—Y, sin embargo, no debería existir ninguna combinación de acontecimientos para los cuales la inteligencia humana no pueda concebir una explicación. Simplemente como un ejercicio mental, sin afirmar que sea verdad, permítame indicarle una posible línea de pensamiento. Admito que es pura imaginación, pero ¿cuántas veces es la imaginación la madre de la verdad?

»Supongamos que Douglas tenía un gran secreto, un secreto realmente vergonzoso. Esto nos conduce a un asesinato cometido por, supondremos, un vengador, un forastero. Este vengador, por alguna razón que confieso que todavía no puedo explicar, se llevó el anillo de bodas del muerto. La venganza podría datar del primer matrimonio del hombre y el anillo podría haber sido robado por alguna razón relacionada con él.

»Antes de que este vengador huyera, Barker y la esposa llegaron al cuarto. El asesino los convenció de que cualquier intento de arrestarlo tendría como consecuencia la publicación de algún escándalo horripilante. Aceptaron la idea y prefirieron dejarlo ir. Probablemente por esta razón bajaron el puente, lo que puede hacerse sin ningún ruido, y luego lo izaron de nuevo. Comenzó su fuga y por alguna razón pensó que sería más seguro ir a pie que en bicicleta. Por lo tanto, escondió su máquina en un sitio donde no sería descubierta hasta que él estuviera bien lejos. Hasta aquí estamos dentro de los límites de lo posible, ¿no?

—Bueno, sin duda es posible —dije con cierta reserva.

—Debemos recordar, Watson, que lo que sea que ocurrió fue ciertamente muy extraordinario. Bueno, ahora, para continuar con nuestro supuesto caso, la pareja (no necesariamente culpable) se dio cuenta, después de que el asesino se fuera, de que se habían puesto en una situación en la que podría resultar difícil probar que ellos no habían cometido el crimen ni habían sido cómplices de él. Rápida y torpemente se enfrentaron a la situación. Barker utilizó su pantufla manchada de sangre para dejar la marca sobre el alféizar de la ventana y sugerir cómo el fugitivo se había escapado.

Sin duda ellos eran los únicos que habían oído el disparo, así que dieron la alarma exactamente como la hubiesen dado, pero media hora después del crimen.

—¿Y cómo piensa probar todo esto?

—Bueno, si hubo un forastero, podemos rastrearlo y capturarlo. Esa sería la prueba más efectiva de todas. Pero si no... bueno, los recursos de la ciencia están lejos de acabarse. Creo que una tarde solo en el estudio me ayudaría mucho.

—¡Una tarde solo!

—Me dispongo a ir allá en unos minutos. He arreglado todo con el estimable Ames, quien no confía para nada en Barker. Me sentaré en la habitación para ver si su atmósfera me inspira. Soy un creyente del *genius loci*. Usted sonríe, amigo Watson. Bueno, ya veremos... A propósito, trajo usted su paraguas grande, ¿no?

—Está aquí.

—Bueno, se lo pediré prestado, si me lo permite.

—¡Cómo no! Pero es un arma lamentable. Si hay algún peligro...

—Nada serio, mi querido Watson, si no sin duda pediría su ayuda. Me llevaré el paraguas. Por el momento solo aguardo el regreso de mis colegas de Tunbridge Wells, donde, en este momento, están intentando hallar al dueño de la bicicleta.

Anochecía ya cuando el inspector MacDonald y White Mason volvieron de su expedición, y regresaron exultantes, informándonos de un gran avance en nuestra investigación.

—Hombre, debo admitir que dudaba de que hubiese un forastero involucrado en esto —dijo MacDonald—, pero todo eso ahora ha quedado atrás. Hemos identificado la bicicleta y tenemos la descripción de nuestro hombre. Un gran paso hacia adelante en nuestro viaje.

—Me suena como el principio del fin —dijo Holmes—. Los felicito de corazón.

—Bueno, yo partí del hecho de que el Sr. Douglas había estado nervioso desde el día anterior, cuando había estado en Tunbridge Wells. Por lo tanto, allí fue consciente de algún peligro. Estaba claro, entonces, que si un hombre había ido a la mansión en bicicleta podía esperarse que viniese desde Tunbridge Wells. Llevamos con nosotros la máquina y la mostramos en los hoteles. Fue identificada de inmediato por el gerente del Eagle Commercial como propiedad de un hombre llamado Hargrave que se había hospedado allí dos días atrás. Esta bicicleta y una pequeña maleta eran sus únicas pertenencias. Se había registrado como proveniente de Londres, pero no había dado su domicilio. La maleta había sido fabricada en Londres y el contenido era británico, pero el hombre era, sin duda, un norteamericano.

—Bueno, bueno —dijo Holmes con regocijo—, ¡ustedes sí que han hecho un buen trabajo mientras yo permanecía sentado aquí con mi amigo construyendo teorías en el aire! Es una lección práctica, Sr. Mac.

—Ajá, es justo eso, Sr. Holmes —dijo el inspector con satisfacción.

—Pero esto puede encajar con todas sus teorías —comenté.

—Eso puede ser o no, pero escuchemos el final, Sr. Mac. ¿No hallaron nada que pudiese identificar al hombre?

—Tan poco que era evidente que se había tomado molestias para evitar ser identificado. No había papeles ni cartas, ni ninguna marca en su ropa. Un mapa del condado para ciclistas yacía sobre la mesa de su habitación. Había dejado el hotel después del desayuno ayer por la mañana con su bicicleta y nada más se supo de él hasta nuestra pesquisa.

—Eso es lo que me deja perplejo, Sr. Holmes —dijo White Mason—. Si este tipo no hubiese querido ser detectado, uno se imaginaría que regresaría y permanecería en el hotel como un turista inofensivo. Tal como están las cosas, debe saber que el gerente del hotel lo reportaría a la policía y que su desaparición sería relacionada con el asesinato.

—Sí, uno se imaginaría eso. Sin embargo, su modo de operar por lo menos ha sido justificado hasta la fecha, ya que no ha sido capturado todavía. Pero su descripción... ¿qué descubrieron?

MacDonald ojeó su cuaderno de notas.

—Aquí tenemos su descripción según nos la dieron. La gente del hotel no pareció haberle prestado mucha atención. Sin embargo, el portero, el conserje y la camarera están de acuerdo en estos puntos: era un hombre que medía alrededor de cinco pies con nueve de altura, de unos cincuenta años de edad, cabello canoso, bigote grisáceo, nariz curvada y un rostro que todos describieron como feroz y amenazante.

—Bueno, salvo su expresión, podría ser una descripción del mismo Douglas —dijo Holmes—. Tiene más de cincuenta años, cabello y bigotes grisáceos, y más o menos la misma altura. ¿Consiguieron algo más?

—Vestía un traje gris oscuro con un chaquetón y llevaba un sobretodo corto amarillo y una gorra flexible.

—¿Y la escopeta?

—Mide menos de dos pies. Podía entrar sin problemas en su maleta y ocultarla fácilmente debajo del sobretodo.

—¿Y qué piensan que aporta al caso toda esta información?

—Bueno, Sr. Holmes —dijo MacDonald—, cuando tengamos a nuestro hombre (y puedo asegurarle que telegrafié su descripción cinco minutos después de haberla escuchado) podremos juzgar mejor. Pero, incluso como están las cosas en este momento, hemos avanzado bastante. Sabemos que un norteamericano que se hace llamar Hargrave llegó a Tunbridge Wells dos días atrás con una bicicleta y una maleta. En esta última cargaba una escopeta serrada, es decir, vino con el propósito premeditado de matar. Ayer por la mañana se dirigió a la mansión en bicicleta con el arma escondida debajo del sobretodo. Hasta donde sabemos, nadie lo vio llegar, pero no necesitó atravesar la aldea para llegar a la cerca del jardín y además siempre hay muchos ciclistas en esas calles. Supuestamente escondió su bicicleta entre los laureles, donde fue hallada, y posiblemente también él se refugió allí, vigilando la casa y aguardando a que el Sr. Douglas saliera. La escopeta es un arma extraña para utilizar dentro de una casa, pero tenía la intención de utilizarla fuera, y en un espacio abierto tiene ventajas obvias, ya que es imposible errar con ella y el ruido de disparos en un vecindario inglés aficionado a la caza es tan común que nadie le prestaría demasiada atención.

—Eso está muy claro.

—Bueno, el Sr. Douglas no apareció. ¿Qué hacer entonces? Dejó atrás la bicicleta y se acercó a la casa bajo el crepúsculo. Halló el puente abierto y nadie alrededor. Se arriesgó con la intención, sin duda, de inventar alguna excusa si se topaba con alguien. No vio a nadie. Se deslizó dentro de la primera habitación que encontró y se escondió detrás de la cortina. Desde allí pudo ver que izaban el puente y supo que su única forma de escapar era a través del foso. Aguardó hasta las once y cuarto, cuando el Sr. Douglas, en su habitual ronda nocturna, entró a la habitación. Le disparó y huyó, como había planeado. Sabía que la gente del hotel identificaría su bicicleta y que esta se convertiría en una prueba en su contra, por lo que la abandonó allí y de alguna manera se dirigió a Londres o a algún escondite que había arreglado de antemano. ¿Qué le parece, Sr. Holmes?

—Bueno, Sr. Mac, hasta donde llega su teoría es clara y sólida. Ese es su final de la historia. Mi final es que el crimen fue cometido media hora antes de lo informado, que la Sra. Douglas y el Sr. Barker conspiran para esconder algo, que ayudaron al asesino a huir (o, por lo menos, llegaron a la habitación antes de que escapara) y que inventaron pruebas para sugerir la idea de que el criminal escapó por la ventana, cuando, con toda probabilidad, ellos mismos bajaron el puente para dejarlo ir. Así entiendo yo la primera parte.

Los dos detectives negaron con la cabeza.

—Bueno, Sr. Holmes, si esto es verdad, solo rodamos de un misterio a otro —dijo el inspector londinense.

—Y en algunos aspectos a uno peor —agregó White Mason—. La dama nunca ha estado en América del Norte. ¿Qué conexión podría tener con un asesino norteamericano que la llevara a protegerlo?

—Admito las dificultades —dijo Holmes—. Me propongo llevar a cabo esta noche una investigación por mi cuenta y quizá contribuya algo a nuestra causa común.

—¿Podemos serle de ayuda, Sr. Holmes?

—¡No, no! La oscuridad y el paraguas de Watson, mis necesidades son sencillas. Y Ames, el leal Ames, sin duda me ayudará. Todas mis líneas de pensamientos me conducen invariablemente de vuelta a la incógnita básica: ¿por qué un hombre atlético desarrollaría su físico con un instrumento tan antinatural como una sola pesa de gimnasia?

* * *

Era muy tarde cuando Holmes regresó de su solitaria excursión. Dormíamos en un dormitorio con dos camas, que era lo mejor que aquella pequeña posada rural podía ofrecernos. Estaba durmiendo cuando me despertó su llegada.

—Bueno, Holmes —murmuré—, ¿ha descubierto algo?

Se detuvo a mi lado en silencio, una vela en su mano. Luego, la figura alta y esbelta se inclinó hacia mí.

—Dígame, Watson —susurró—, ¿tendría miedo de dormir en el mismo cuarto que un loco, un hombre con problemas mentales, un idiota que ha perdido la cabeza?

—Para nada —contesté asombrado.

—Ah, qué suerte —dijo, y no pronunció otra palabra en toda la noche.

La solución

─── ❧ ───

A la mañana siguiente, después del desayuno, hallamos al inspector MacDonald y al Sr. White Mason sentados en la pequeña sala del sargento de policía local, inmersos en una conversación seria. Sobre la mesa frente a ellos yacía una pila de cartas y telegramas que estaban clasificando y ordenando cuidadosamente. Habían separado tres a un lado.

—¿Continúan todavía sobre el rastro del ciclista evasivo? —preguntó Holmes jovialmente—. ¿Cuáles son las últimas noticias del rufián?

MacDonald señaló pesaroso la montaña de correspondencia.

—En este momento ha sido visto en Leicester, Nottingham, Southampton, Derby, East Ham, Richmond y otros catorce sitios. En tres de ellos, East Ham, Leicester y Liverpool, tienen pruebas claras contra él y hasta lo han arrestado. El país parece estar lleno de fugitivos con abrigos amarillos.

—¡Cielos! —dijo Holmes con compasión—. Ahora, Sr. Mac y usted también, Sr. White Mason, quiero darles un consejo importante. Cuando acepté este caso de ustedes, yo convine, como ustedes sin duda recordarán, que no les presentaría teorías a medio probar, sino que formaría y me guardaría mis propias ideas hasta comprobar que fuesen correctas. Por esta razón no les estoy diciendo todo lo que pienso en este momento. Por el contrario, les aseguré que jugaría limpio con ustedes y no creo que sea justo permitirles, ni por un momento, desperdiciar sus energías en una tarea inútil. Por lo tanto, he venido esta mañana para aconsejarles y mi consejo se reduce a tres palabras: abandonen el caso.

MacDonald y White Mason miraron asombrados a su famoso colega.

—¡Usted considera que no hay esperanzas! —exclamó el inspector.

—Considero que su caso no tiene esperanza. No considero que sea imposible llegar a la verdad.

—Pero este ciclista no es una invención. Tenemos su descripción, su maleta, su bicicleta. El sujeto debe estar en algún lugar. ¿Por qué no podríamos atraparlo?

—Sí, sí, sin duda está en algún lugar, y sin duda lo capturaremos, pero no quiero que desperdicien sus energías en East Ham o Liverpool. Estoy seguro de que podemos hallar un atajo que nos conduzca a la resolución.

—Usted está escondiendo algo. No me parece que sea justo, Sr. Holmes —el inspector estaba molesto.

—Usted conoce mi método de trabajo, Sr. Mac. Pero lo esconderé el menor tiempo posible. Solo quiero verificar los detalles de cierta manera, que puede hacerse rápidamente, y luego me despediré y regresaré a Londres, dejando todos mis resultados a su servicio. Les debo demasiado como para comportarme de manera diferente, ya que en toda mi carrera no recuerdo un estudio más singular e interesante.

—Esto está totalmente fuera de mi entendimiento, Sr. Holmes. Nos reunimos con usted anoche cuando regresamos de Tunbridge Wells y usted estuvo de acuerdo con nuestros resultados. ¿Qué ha ocurrido desde entonces que le ha dado una idea completamente nueva del caso?

—Bueno, ya que me preguntan, pasé, como les dije que haría, algunas horas anoche en Manor House.

—¿Y qué sucedió?

—Ah, por el momento solo puedo darle una respuesta muy general. Por cierto, he estado leyendo un informe breve pero claro e interesante sobre el edificio antiguo, que puede comprarse en el estanco local por la modesta suma de un penique.

Aquí, Holmes extrajo de su bolsillo un pequeño panfleto decorado con un dibujo burdo de Manor House.

—Le aporta muchísimo al sabor de la investigación, Sr. Mac, cuando uno está en armonía consciente con la atmósfera histórica que lo rodea. No se impaciente porque le aseguro que incluso un relato tan sencillo como este construye en su mente una imagen del pasado. Permítame darle un ejemplo. «Construida en el quinto año del reinado de Jacobo I y descansando sobre los restos de un edifico mucho más antiguo, Manor House es uno de los mejores ejemplos existentes de la típica residencia jacobina con foso.»

—¡Nos está tratando de idiotas, Sr. Holmes!

—No, no, Sr. Mac, esta es la primera señal de temperamento que he notado en usted. Bueno, no le leeré palabra por palabra, ya que a usted le preocupa tanto el tema. Pero cuando le digo que hay algunos relatos sobre cómo un coronel parlamentario alquiló el lugar en 1644, cómo Charles se escondió varios días allí durante la Guerra Civil y, finalmente, cómo el segundo George visitó el lugar, admitirá usted que existen varias asociaciones interesantes conectadas con esta antigua casa.

—No lo dudo, Sr. Holmes, pero eso no nos incumbe.

—¿No? ¿No? Una visión amplia, mi querido Sr. Mac, es esencial en nuestra profesión. La interacción de ideas y los usos indirectos del conocimiento son, con frecuencia, de extraordinario interés. Disculpe estos comentarios de alguien que, aunque sea un simple conocedor de criminología, es bastante más grande y, quizá, más experimentado que usted.

—Soy el primero en admitirlo —dijo el detective con sinceridad—. Debo reconocer que usted cumple lo que se propone, pero tiene una forma muy molesta e indirecta de hacerlo.

—Bien, dejaré de lado la historia y me dedicaré a los hechos actuales. Fui anoche, como ya le dije, a Manor House. No vi ni a la Sra. Douglas ni a Barker. No me pareció necesario molestarlos, pero me agradó escuchar que la dama no languidecía de dolor y que había participado de una cena excelente. Mi visita tenía como fin el buen Sr. Ames, con quien intercambié algunas palabras cordiales que culminaron en que me permitiera, sin pedirle permiso a nadie, sentarme solo por un tiempo en el estudio.

—¡Qué! ¿Con eso? —grité.

—No, no, todo ya está en orden. Usted dio su autorización para ello, Sr. Mac, según me informaron. La habitación estaba en su estado normal y dentro de ella pasé un interesante cuarto de hora.

—¿Qué estuvo haciendo?

—Bueno, para no convertir un asunto tan simple en un gran misterio: estuve buscando la pesa perdida. Para mí siempre ha tenido una gran importancia. Terminé por hallarla.

—¿Dónde?

—Ah, aquí llegamos a los límites de lo no explorado. Permítame ir un poco más lejos, un poco más lejos, y le prometo que les diré todo lo que sé.

—Bueno, estamos obligados a respetar sus términos —dijo el inspector—. Pero cuando usted dice que debemos abandonar el caso... En nombre de Dios, ¿por qué deberíamos abandonar el caso?

—Por la simple razón, mi querido Sr. Mac, de que no tienen idea de lo que están investigando.

—Estamos investigando el asesinato del Sr. John Douglas de Birlstone Manor.

—Sí, sí, así es, pero no se preocupen por rastrear al misterioso caballero de la bicicleta. Les aseguro que no los ayudará.

—Entonces, ¿qué sugiere que hagamos?

—Les diré exactamente lo que deben hacer, si están dispuestos a hacerlo.

—Bueno, debo decir que usted siempre oculta buenas razones detrás de sus métodos extraños. Yo haré lo que usted nos aconseje.

—¿Y usted, Sr. White Mason?

El detective rural miró con impotencia de uno a otro. Holmes y sus métodos eran nuevos para él.

—Si es lo suficientemente bueno para el inspector, también lo es para mí —dijo finalmente.

—¡Perfecto! —dijo Holmes—. Bueno, entonces les recomiendo a ambos un lindo y alegre paseo por el campo. He escuchado que las vistas del Weald desde Birlstone Ridge son espectaculares. Sin duda, podrán almorzar en alguna buena hostería, aunque mi ignorancia de estos alrededores me impide recomendarles una. Al anochecer, cansados pero felices...

—¡Hombre, sus bromas están yendo demasiado lejos! —exclamó MacDonald enojado mientras se incorporaba.

—Bueno, bueno, pasen el día como quieran —dijo Holmes alegremente dándole palmaditas en el hombro—. Hagan lo que quieran y vayan donde más les guste, pero vuelvan aquí sin falta antes del crepúsculo, sin falta, Sr. Mac.

—Eso me suena más sensato.

—Todo lo que dije es una excelente recomendación, pero no insisto, mientras estén aquí cuando los necesite. Pero ahora, antes de que nos separemos, quiero que le escriba una nota al Sr. Barker.

—¿Y bien?

—Si quiere se la dicto. ¿Preparado? «Querido señor, se me ocurrió de pronto que es nuestro deber drenar el foso, esperando encontrar algo...»

—Es imposible —dijo el inspector—. Ya he preguntado sobre ese tema.

—¡Basta, mi querido señor! Haga lo que le pido.

—Bueno, prosiga.

—«... esperando encontrar algo que pueda servirnos en nuestra investigación. Ya lo he arreglado todo, y los trabajadores llegarán bien temprano mañana para desviar el arroyo...»

—¡Imposible!

—«... para desviar el arroyo, por lo que me pareció mejor explicarle todo de antemano.» Ahora fírmelo y entréguelo personalmente a las cuatro en punto. A esa hora nos volveremos a encontrar en esta habitación. Hasta entonces todos podemos hacer lo que queramos porque puedo asegurarles que nuestra investigación ha llegado a un punto muerto.

Estaba próximo a anochecer cuando nos volvimos a juntar. Holmes se comportaba con mucha seriedad, yo sentía una gran curiosidad y los detectives tenían un obvio aire crítico y molesto.

—Bien, caballeros —dijo mi amigo con gravedad—, ahora les estoy pidiendo que pongan todo a prueba conmigo y juzgarán por ustedes mismos si las observaciones que he hecho justifican las conclusiones a las que he llegado. Es una tarde fría y no sé cuánto durará nuestra expedición, por lo que les pido que se pongan sus abrigos más gruesos. Es de vital importancia que estemos en nuestras posiciones antes de que oscurezca. Así que, con su permiso, empezaremos de inmediato.

Cruzamos los límites exteriores del parque de Manor House hasta que llegamos a un lugar donde había un hueco en la reja que lo cercaba. Nos deslizamos a través de él y luego, en la creciente oscuridad, seguimos a Holmes hasta llegar a unos matorrales que yacían casi frente a la puerta principal y el puente levadizo. Este último no había sido izado. Holmes se agachó detrás de la barrera de laureles, y nosotros tres hicimos lo mismo.

—¿Qué debemos hacer ahora? —preguntó MacDonald con cierta brusquedad.

—Con la constancia, salvar nuestras vidas y hacer el menor ruido posible —contestó Holmes.

—¿Por qué estamos aquí en principio? Realmente creo que podría usted ser más franco con nosotros.

Holmes se rio.

—Watson insiste en que soy un dramaturgo en la vida real —dijo—. Algunos toques de artista llenan mi interior y piden insistentemente una representación teatral. Sin duda, Sr. Mac, nuestra profesión sería monótona y sórdida si nosotros, a veces, no arregláramos la escena como para glorificar nuestros resultados. La acusación brusca, la brutal palmadita en el hombro, ¿qué podríamos hacer con semejante desenlace? Pero la deducción rápida, la sutil trampa, el agudo pronóstico de los eventos que ocurrirán, la triunfante vindicación de las teorías audaces, ¿acaso no son estas el orgullo y la justificación de la obra principal de nuestras vidas? En este momento, ustedes se estremecen con el encanto de la situación y la anticipación del cazador. ¿Dónde estaría ese estremecimiento si yo hubiese sido tan claro como un cronograma? Solo pido un poco de paciencia, Sr. Mac, y todo se aclarará.

—Bueno, espero que el orgullo y la justificación y todo lo demás lleguen antes de que nos muramos de frío —dijo el detective londinense con cierta resignación cómica.

Todos teníamos buenas razones para unirnos a la aspiración porque nuestra vigilia era larga y amarga. Lentamente, las sombras oscurecieron la larga fachada sombría de la antigua casa. Un vapor frío y húmedo proveniente del foso nos heló hasta los huesos e hizo castañetear nuestros dientes. Había una sola lámpara sobre el pórtico de la cerca y un globo de luz estable en el estudio fatal. Todo lo demás estaba quieto y a oscuras.

—¿Cuánto más durará esto? —preguntó de repente el inspector—. ¿Y qué estamos vigilando?

—No sé cuánto durará esto —Holmes contestó con cierta aspereza—. Si los criminales fijaran siempre un horario para sus movimientos, como los trenes, sin duda sería más conveniente para todos nosotros. Con respecto a lo que nosotros... ¡Bien, eso es lo que estamos vigilando!

Mientras hablaba, la brillante luz amarilla en el estudio fue oscurecida por alguien que se paseaba delante de ella. Los laureles entre los que nos escondíamos quedaban justo enfrente y a no más de cien pies de la ventana. Poco después fue abierta violentamente con un quejido de bisagras, y pudimos ver borrosamente el contorno oscuro de la cabeza y los hombros de un hombre que miraban la oscuridad. Durante algunos minutos contempló los alrededores de una manera furtiva y sigilosa, como alguien que quiere asegurarse de que nadie lo observa. Luego, se inclinó hacia adelante, y a través del silencio intenso escuchamos el suave chapoteo del agua agitada. Parecía estar revolviendo el foso con algo que sujetaba en la mano. Luego, de repente, sacó algo como un pescador que arrastra a tierra a su pez: un objeto largo y redondo que tapó la luz mientras lo arrastraba a través de la ventana abierta.

—¡Ahora! —gritó Holmes—. ¡Ahora!

Todos nos levantamos, tropezándonos detrás de él con nuestros miembros entumecidos, mientras mi amigo corría velozmente por el puente y hacía sonar con violencia la campanilla. Escuchamos el chirrido de los cerrojos del otro lado de la puerta, y el asombrado Ames apareció en la entrada. Holmes lo empujó hacia un lado sin una palabra y, seguido por todos nosotros, irrumpió en la habitación ocupada por el hombre que habíamos estado vigilando.

La lámpara de aceite sobre la mesa despedía aquel resplandor que habíamos visto desde fuera. Ahora estaba en las manos de Cecil Barker, que la acercó hacia nosotros mientras entrábamos en la habitación. La luz cayó sobre su rostro fuerte, perfectamente definido y bien afeitado, y sobre sus ojos amenazantes.

—¿Qué diablos significa todo esto? —exclamó—. ¿Qué están buscando aquí?

Holmes echó un rápido vistazo al cuarto y luego saltó sobre un fardo mojado atado con cuerdas que había sido tirado debajo del escritorio.

—Esto es lo que buscamos, Sr. Barker: este fardo, sujeto con una pesa, que usted acaba de rescatar del fondo del foso.

Barker miró a Holmes con estupefacción.

—¿Cómo diablos sabía usted de esto? —preguntó.

—Es tan sencillo como que yo mismo lo puse allí.

—¡Usted lo puso allí! ¡Usted!

—Quizá tendría que haber dicho «lo volví a poner allí» —dijo Holmes—. Usted recordará, inspector MacDonald, que me había sorprendido mucho la ausencia de una de las pesas. Llamé su atención sobre el hecho, pero, bajo la presión de otros acontecimientos, usted no tuvo el tiempo suficiente para darle la consideración que le habría permitido sacar conclusiones de ello. Cuando hay agua cerca y falta una pesa, no es demasiado exagerado suponer que han hundido algo en el agua. La idea por lo menos valía la pena ser probada, así que, con la ayuda de Ames, quien me permitió entrar a la habitación, y el mango del paraguas del Dr. Watson, anoche pude pescar e inspeccionar el fardo.

»Sin embargo, era vital probar quién lo había escondido allí. Logramos esto gracias al ardid bastante obvio de anunciar que drenaríamos el foso mañana, lo que tuvo, por supuesto, el efecto de que quienquiera que hubiese escondido el fardo sin duda lo recuperaría apenas la oscuridad se lo permitiera. Tenemos cuatro testigos que vieron quién se aprovechó de la situación y, por eso, Sr. Barker, creo que ahora le toca hablar a usted.

Sherlock Holmes apoyó el fardo mojado sobre la mesa, junto a la lámpara, y deshizo el nudo que lo mantenía atado. De dentro extrajo una pesa que arrojó hacia la esquina, al lado de su compañero. Luego sacó un par de botas.

—Norteamericanas, como pueden ver —comentó mientras señalaba las puntas. Luego apoyó sobre la mesa un largo y letal cuchillo envainado. Finalmente, deshizo un bulto de ropa que incluía un conjunto completo de ropa interior, medias, un traje gris de lana y un sobretodo corto amarillo.

—La ropa es normal —comentó Holmes—, excepto el sobretodo, que está lleno de detalles sugerentes —lo acercó con ternura hacia la luz—. Aquí, como pueden ver, tenemos el bolsillo interior alargado dentro del revestimiento, de tal manera que permite suficiente espacio para el arma de caza truncada. La marca del sastre está en el cuello: «Neal, Sastre, Vermissa, EE. UU.». He pasado una tarde muy edificante en la biblioteca del rector y he aumentado mis conocimientos al añadir el dato de que Vermissa es un pequeño pueblo próspero ubicado en uno de los valles de carbón y hierro más famosos de Estados Unidos. Recuerdo, Sr. Barker, que usted asociaba los distritos carboníferos con la primera esposa del Sr. Douglas, y sin duda no sería una deducción demasiado exagerada decir que las iniciales V. V. escritas en la tarjeta junto al cadáver podrían significar Vermissa Valley, o que este mismo valle que envía emisarios de la muerte podría ser aquel valle del miedo del cual hemos oído hablar. Hasta aquí está todo más o menos claro. Y ahora, Sr. Barker, me parece que estoy obstaculizando su explicación.

Había sido todo un espectáculo observar el rostro expresivo de Cecil Barker durante la exposición del gran detective. Ira, asombro, consternación e indecisión cubrían por turnos su cara. Finalmente, se refugió detrás de una ironía algo agria.

—Sabe usted tanto, Sr. Holmes. Quizá sería mejor que nos cuente más —dijo con desprecio.

—No dudo de que podría contarle mucho más, Sr. Barker, pero le convendría hablar a usted.

—Ah, usted piensa eso, ¿no? Bueno, lo único que puedo decirle es que si hay un secreto aquí, no es mi secreto, y yo no soy el tipo de hombre que lo revelaría.

—Bueno, si adopta esa postura, Sr. Barker —dijo el inspector con tranquilidad—, tendremos que vigilarlo hasta que consigamos la orden de arresto y lo encerremos.

—Pueden hacer lo que les plazca, ¡maldita sea! —dijo Barker, desafiante.

Los procedimientos parecían haber llegado a un punto muerto en lo que concernía a Barker, porque con solo mirar su rostro de piedra, uno tomaba conciencia de que ninguna *peine forte et dure* lo obligaría a hablar contra su voluntad. El estancamiento fue superado, sin embargo, por la voz de una mujer. La Sra. Douglas había estado escuchando de pie en la puerta entornada y ahora entraba a la habitación.

—Ya ha hecho suficiente por nosotros, Cecil —dijo la dama—. No importa qué suceda en el futuro, usted ya ha hecho suficiente.

—Suficiente y más que suficiente —comentó Sherlock Holmes gravemente—. Siento gran compasión por usted, *madame,* y le ruego con fuerza que confíe en el sentido común de nuestra jurisdicción y que voluntariamente le entregue a la policía sus secretos. Puede ser que yo mismo me haya equivocado al no seguir la pista que usted me comunicó a través de mi amigo el Dr. Watson, pero por ese entonces tenía muchas razones para pensar que usted estaba directamente involucrada en el crimen. Ahora estoy seguro de que no es así. Al mismo tiempo, todavía queda mucho por explicar y le ruego encarecidamente que le pida al Sr. Douglas que nos cuente la historia.

La Sra. Douglas gritó de asombro al oír las palabras de Holmes. Los detectives y yo debimos imitarlo cuando advertimos la presencia de un hombre que parecía haber salido de la pared y que ahora avanzaba desde las sombras del rincón de donde había aparecido. La Sra. Douglas se volvió y en un instante sus brazos lo rodearon. Barker había tomado su mano extendida.

—Es mejor así, Jack —repitió su esposa—. Estoy segura de que es mejor así.

—Es verdad, sí, Sr. Douglas —dijo Sherlock Holmes—. Estoy seguro de que será lo mejor para usted.

El hombre permanecía de pie parpadeando, con la mirada aturdida de un hombre que emerge repentinamente de las sombras a la luz. Era un rostro notable de audaces ojos grises, recios bigotes recortados y grisáceos, mentón cuadrado y largo, y boca cómica. Nos observó detenidamente y luego, ante mi asombro, se acercó hacia mí y me entregó un montón de papeles.

—He oído hablar de usted —dijo en un tono que no era del todo inglés ni norteamericano, pero que era suave y agradable—. Usted es el historiador de este grupo. Bueno, Dr. Watson, usted nunca ha tenido un relato como este entre sus manos. Apostaría mi último dólar a eso. Cuéntelo a su manera, pero aquí están los hechos, y no puede fallarle al público mientras los tenga. He estado encerrado dos días y he pasado las horas diurnas (con la poca luz que me llegaba dentro de esa trampa para ratas) poniendo todo por escrito. Se lo entrego a usted (y a su público) con agrado. Aquí tiene la historia del valle del miedo.

—Eso es el pasado, Sr. Douglas —dijo Sherlock Holmes con tranquilidad—. Lo que queremos es escuchar su relato sobre el presente.

—Lo tendrá, señor —dijo Douglas—. ¿Puedo fumar mientras hablo? Bueno, gracias, Sr. Holmes. Usted también es un fumador, si no me equivoco, y podrá imaginarse lo que es estar sentado dos días seguidos con tabaco en el bolsillo, temiendo que el olor lo delate a uno —se apoyó contra la repisa de la chimenea y fumó el cigarro que Holmes le había dado—. He oído hablar de usted, Sr. Holmes. Nunca pensé que lo conocería, pero antes de que termine con todo eso —señaló con la cabeza mis papeles—, admitirá que le he suministrado algo fresco y nuevo.

El inspector MacDonald había estado mirando al recién llegado con el mayor asombro.

—Bueno, ¡esto sí que me gana! —exclamó finalmente—. Si usted es el Sr. John Douglas de Birlstone Manor, entonces, ¿la muerte de quién hemos estado investigando estos dos últimos días y de dónde diablos acaba de aparecer usted? Me pareció que surgía usted del suelo como el muñeco de una caja de sorpresas.

—Ah, Sr. Mac —dijo Holmes, agitando con reprobación su dedo índice—, usted no quiso leer la excelente compilación local que describía el escondite del rey Charles. En esa época, la gente no se escondía si no tenía excelentes escondites, y el escondite que ha sido utilizado una vez puede volver a utilizarse. Estaba convencido de que hallaríamos al Sr. Douglas bajo este mismo techo.

—¿Y por cuánto tiempo nos ha estado engañando con este truco, Sr. Holmes? —dijo con enojo el inspector—. ¿Por cuánto tiempo nos ha dejado desperdiciar nuestros esfuerzos en una búsqueda que usted sabía que era absurda?

—Ni un solo instante, mi querido Mac. Fue anoche cuando formé mi opinión del caso y, como no podía ponerla a prueba hasta hoy por la noche, lo invité a usted y a su colega a que se tomaran un día de vacaciones. ¿Qué más podía hacer? Cuando hallé el fardo de ropa en el foso, inmediatamente entendí que el cadáver que habíamos hallado no podía ser el cuerpo del Sr. John Douglas, sino que debía ser el del ciclista de Tunbridge Wells. Ninguna otra conclusión era posible. Por lo tanto, debía averiguar dónde se hallaba el Sr. John Douglas, y el equilibrio de probabilidades me indicaba que, con la complicidad de su esposa y de su amigo, se escondía en una casa que tenía ciertas ventajas para un fugitivo y que aguardaba tiempos más tranquilos para llevar a cabo la huida final.

—Bueno, usted resolvió todo bastante bien —dijo Douglas con aprobación—. Mi idea era esquivar la ley británica porque no sabía con seguridad cómo me situaba ante ella y también vi la oportunidad de quitarme de encima de una vez por todas a esos sabuesos. Sepan, sin embargo, que a lo largo de todo este asunto no he hecho nada de lo que me avergüence y nada que no volvería a hacer. Pero ustedes podrán juzgar por sí mismos cuando les cuente mi historia. No hace falta que me lo advierta, inspector, estoy preparado para decir toda la verdad.

»No empezaré por el principio. Está todo ahí —señaló mi montón de papeles— y verán que es un embrollo bastante raro. Todo se reduce a esto: hay ciertos hombres que tienen buenas razones para odiarme y que gastarían hasta su último dólar para atraparme. Mientras yo esté vivo y ellos estén vivos, no hay seguridad para mí en este mundo. Me siguieron de Chicago a California y luego me obligaron a abandonar América del Norte. Pero cuando me casé y me establecí en este lugar tan tranquilo, pensé que pasaría mis últimos años en paz.

»Nunca le expliqué a mi esposa cómo estaban las cosas. ¿Por qué meterla en todo esto? Ella jamás volvería a tener otro momento de tranquilidad, sino que siempre estaría imaginándose algún peligro. Creo que sabía algo, ya que dejé escapar algunas palabras por aquí y por allá, pero hasta ayer, después de que ustedes, caballeros, hablaran con ella, nunca supo la verdad. Mi esposa les dijo todo lo que sabía y también lo hizo Barker, porque la noche en que sucedió esto no tuve tiempo de darles explicaciones. Ahora ella lo sabe todo, y yo habría sido un hombre más sabio si se lo hubiese contado antes. Pero era un tema muy complicado, querida —tomó sus manos por un instante—, e hice lo que me parecía mejor.

»Bueno, caballeros, el día anterior a estos hechos me hallaba en Tunbridge Wells, donde vi de reojo a un hombre en la calle. Fue solo un vistazo, pero tengo un ojo rápido para estas cosas y jamás dudé quién era. Era el peor enemigo de los que tenía, uno que me había perseguido a lo largo de todos estos años como un lobo hambriento tras el rastro de un caribú. Inmediatamente supe que estaba próximo algún peligro y regresé a mi casa para prepararme. Pensé que podría vencer por mi cuenta. En una época todo Estados Unidos hablaba de mi buena suerte. Nunca dudé de que siguiera conmigo.

»Estuve en guardia todo el día siguiente y nunca salí al jardín. Menos mal, porque si no me habría disparado con esa escopeta de perdigones antes de que yo hubiese podido apuntarle con mi arma. Después de que izara el puente (mi mente siempre se tranquilizaba cuando, en la tarde, subíamos ese puente) me olvidé totalmente del asunto. No había ni soñado que pudiera entrar en la casa y ocultarse en una habitación. Pero, como era costumbre, cuando hice mi ronda en bata, apenas había entrado en el estudio cuando me percaté de cierto peligro. Supongo que cuando un hombre ha vivido rodeado de él (y he tenido más que suficiente en mi vida) adquiere una especie de sexto sentido que alza la bandera roja. Vi claramente la señal, pero no podría decirles cómo. Un segundo después, distinguí una bota detrás de la cortina de la ventana y ahí vi el peligro con claridad.

»Solo tenía una vela en la mano, pero la lámpara del vestíbulo emitía suficiente luz a través de la puerta abierta. Dejé la vela sobre la mesa y salté hacia la repisa de la chimenea donde había dejado un martillo. Al mismo tiempo él se abalanzó hacia mí. Vi el destello de un puñal y yo le pegué con el martillo. Lo golpeé en algún lugar porque el cuchillo cayó al suelo con un tintineo. Esquivó la mesa rápido como una anguila y un segundo después había sacado de debajo de su sobretodo un arma. Oí cuando la martilló, pero la agarré antes de que pudiera disparar. La así por el cañón y forcejeamos varios minutos. El que la soltaba moría. Él nunca perdió el asidero, pero la mantuvo con la culata hacia abajo demasiado tiempo. Quizá fui yo quien apretó el gatillo, quizá los dos la disparamos juntos. De cualquier manera, recibió los dos cañonazos en el rostro y yo me quedé inmóvil mirando fijamente lo que quedaba de Ted Baldwin. Lo había reconocido en el pueblo y también cuando se abalanzó sobre mí, pero ni su propia madre lo habría reconocido en ese momento. Estoy acostumbrado al trabajo sucio, pero verlo así me enfermó.

»Me mantenía en pie asido de la mesa cuando Barker llegó apresuradamente. Escuché que mi esposa se acercaba y corrí a la puerta para detenerla. No era un espectáculo para una dama. Le prometí que iría a verla pronto. Le dije dos o tres cosas a Barker (lo entendió todo con una sola ojeada) y aguardamos a que llegasen los demás, pero no había señal de ellos. Ahí comprendimos que no habían oído nada y que solo nosotros dos sabíamos todo lo que había sucedido.

»Fue entonces cuando se me ocurrió la idea. Me quedé sorprendido por su genialidad. La manga del hombre se había deslizado hacia arriba y a la vista quedaba la marca de la logia sobre su antebrazo. ¡Observen!

El hombre al que habíamos conocido como Douglas se remangó el abrigo y la camisa para mostrar un triángulo marrón dentro de un círculo, idéntico a lo que habíamos visto en el hombre muerto.

—La marca fue lo que me dio la idea. De golpe, todo estaba claro. Su altura, su cabello y su figura eran casi iguales a los míos. Nadie podía jurar por su rostro, ¡pobre diablo! Bajé este montón de ropa y en quince minutos Barker y yo le pusimos mi batín y lo dejamos como ustedes lo hallaron. Hicimos un fardo con todas sus cosas, le agregamos la única pesa que pude encontrar y arrojamos todo por la ventana. La tarjeta que el hombre tenía pensado colocar sobre mi cuerpo yacía junto al suyo.

»Colocamos mis anillos en sus dedos, pero cuando llegamos al anillo de bodas —extendió su mano musculosa— pueden ver por ustedes mismos que he llegado al límite. No me lo he quitado desde el día en que me casé y habríamos necesitado una lima para sacarlo. Tampoco sé si hubiese querido separarme de él, pero aunque hubiese querido, era imposible. Por lo tanto, tuvimos que dejar que ese detalle se resolviese solo. Traje un pedazo de yeso y lo coloqué donde lo llevo en este mismo instante. Usted pasó eso por alto, Sr. Holmes, inteligente como usted es, porque si hubiese retirado el yeso habría encontrado que no cubría ningún corte.

»Bueno, esa era la situación. Si podía esconderme por un tiempo y luego escapar a algún sitio donde pudiera seguirme mi esposa, tendríamos la posibilidad de vivir en paz el resto de nuestras vidas. Estos diablos no descansarían mientras yo estuviese sobre la faz de la Tierra, pero si leían en los periódicos que Baldwin había matado a quien buscaba, allí terminarían todos mis problemas. No tuve tiempo de explicarle todo a mi esposa y a Barker, pero entendieron lo suficiente como para ayudarme. Sabía de la existencia del escondite, también Ames, pero nunca pasó por su cabeza que podría tener alguna conexión con el crimen. Me retiré al escondite dejando todo el resto en manos de Barker.

»Creo que ustedes ya saben todo lo que hizo. Abrió la ventana e hizo la marca sobre el alféizar para sugerir cómo había escapado el asesino. Fue una idea exagerada pero, como el puente estaba cerrado, no quedaba otra. Luego, cuando todo estaba arreglado, sonó salvajemente la campanilla. Ya saben lo que sucedió después. Por lo tanto, caballeros, pueden hacer lo que quieran, pero yo les he dicho la verdad, la pura verdad ¡Dios es testigo de ello! Les hago solo una pregunta: ¿cómo me sitúo ante la ley inglesa?

—Las leyes inglesas, en esencia, son justas. No recibirá nada peor de lo que se merece, pero debo preguntarle: ¿cómo sabía ese hombre que usted vivía aquí, o cómo entrar en su casa, o dónde esconderse para poder sorprenderlo?

—No sé nada de esto.

El rostro de Holmes permanecía pálido y serio.

—Me temo que la historia no ha terminado aún —dijo—. Me parece que usted se enfrentará a peligros mayores que la ley inglesa e incluso que sus enemigos norteamericanos. Presiento que lo esperan grandes problemas, Sr. Douglas. Siga mi consejo y permanezca en alerta.

Y ahora, mis sufridos lectores, les pediré que me acompañen por un tiempo lejos de Manor House de Birlstone, Sussex, y lejos también del año en que hicimos este ajetreado viaje que terminó con el extraño relato del hombre conocido como John Douglas. Quiero que viajen al pasado aproximadamente veinte años y varios miles de millas en dirección hacia el oeste, para que yo pueda presentarles una narración terrible y única, tan singular y terrible que les costará creer que ocurrió exactamente como lo cuento. No piensen que introduzco una historia antes de que haya terminado la otra. A medida que lean se darán cuenta de que no es así. Y, cuando haya descrito aquellos lejanos acontecimientos y ustedes hayan resuelto los misterios del pasado, nos encontraremos de nuevo en las habitaciones de Baker Street, donde este, como tantos otros maravillosos acontecimientos, hallará su fin.

Segunda parte:

Los Scowrers

El hombre

Era el cuatro de febrero de 1875. Había sido un invierno crudo y la nieve cubría profundamente los desfiladeros de las montañas Gilmerton. Los arados a vapor, sin embargo, habían mantenido abiertas las vías y el tren vespertino que conectaba la larga línea de poblados mineros del carbón y de extracción de hierro gemía a medida que subía lentamente las empinadas inclinaciones que conducen de Stagville, en la llanura, a Vermissa, el pueblo central que se encuentra a la entrada del Vermissa Valley. Desde este punto, las vías bajan hacia Barton's Crossing, Helmdale y hacia el condado puramente agrícola de Merton. Era un ferrocarril con una única vía, pero en cada vía muerta (y había muchas) la larga fila de vagones repletos de carbón y mineral de hierro hablaban de la riqueza que habían traído una ruda población y una vida bulliciosa al rincón más desolado de los Estados Unidos de Norteamérica.

Porque era desolado. Poco podía imaginarse el primer pionero que lo había atravesado que las praderas más bellas y los pastos húmedos más exuberantes perdían su valor ante esta tierra sombría de riscos negros y bosques enmarañados. Sobre los oscuros y muchas veces impenetrables bosques que cubrían sus laderas, las altas cimas desnudas de las montañas, nieve blanca y roca afilada, se erguían por encima de todo, dejando un valle largo y tortuoso en el centro. A lo largo de él, se arrastraba el pequeño tren.

Las lámparas de aceite acababan de encenderse en el primer vagón de pasajeros, un carro largo y desnudo que llevaba sentadas veinte o treinta personas. La mayoría eran trabajadores que regresaban de sus esfuerzos diurnos en la parte más baja del valle. Por lo menos una docena, gracias a sus rostros implacables y a las linternas de seguridad que cargaban, se proclamaban mineros. Se hallaban sentados fumando en grupo y conversando en voz baja, de vez en cuando echando un vistazo a los dos hombres ubicados en el lado opuesto del vagón, cuyos uniformes y medallas les decían que eran policías.

Varias mujeres de clase obrera y uno o dos viajeros que podían ser pequeños tenderos locales completaban la compañía, con la excepción de un hombre joven sentado solo en un rincón. Es este hombre quien nos interesa. Obsérvenlo con cuidado porque vale la pena.

Es un hombre joven de tamaño medio y tez fresca; no muy lejos, podríamos decir, de su treinta cumpleaños. Tiene grandes ojos grises, astutos y cómicos que de vez en cuando centellean de curiosidad cuando observa a través de los anteojos a la gente que lo rodea. Es fácil percibir que es de naturaleza sencilla y sociable, ansioso por tratar con amabilidad a todos los hombres. Cualquiera lo señalaría como hombre de hábitos gregarios y de naturaleza comunicativa, con un agudo ingenio y una sonrisa rápida. Y, sin embargo, el hombre que lo estudie con más detalle podría discernir cierta firmeza en su mandíbula y una implacable tensión en sus labios que le advertirían que hay mayor profundidad en su persona y que este joven irlandés agradable y de pelo marrón podría dejar su marca, para bien o para mal, en la sociedad en la que se introdujera.

Después de intentar hacerle uno o dos comentarios al minero más cercano y después de recibir solo respuestas breves y bruscas, el viajero se resignó a un silencio incómodo, observando fija y malhumoradamente el paisaje borroso a través de la ventana.

No era una vista alentadora. A través de la creciente penumbra pulsaba el rojo centelleo de los hornos en las laderas de las colinas. Grandes montañas de basura y montones de carbón se erguían a uno y otro lado, con las altas columnas de las minas de carbón dominando sobre ellas. Apiñados grupos de humildes casas de madera, cuyas ventanas comenzaban a delinearse en la luz, yacían desperdigados por todos lados a lo largo de las vías y las frecuentes paradas estaban repletas de sus oscuros habitantes.

Los valles carboníferos y de extracción de hierro del distrito de Vermissa no eran lugares de veraneo para los ociosos ni los cultos. Por todos lados había huellas de la cruda batalla de la vida, del trabajo rudo que debía hacerse y de los fuertes trabajadores que lo hacían.

El joven viajero observaba el paisaje deprimente con una mezcla de repugnancia y de interés que revelaba que la escena era nueva para él. A ratos sacaba de su bolsillo y leía una carta voluminosa en cuyos márgenes garabateaba algunas notas. Una vez sacó de detrás de su cintura algo que uno no esperaría hallar en manos de un hombre de carácter tan apacible. Era un revólver naval bastante grande. Mientras lo inclinaba oblicuamente hacia la luz, el destello sobre el borde de los cartuchos de cobre dentro del cilindro mostró que estaba completamente cargado. Lo devolvió rápidamente a su bolsillo secreto, pero no antes de que fuese visto por un trabajador que se había sentado en el banco de enfrente.

—¡Hola, amigo! —dijo—. Parece estar usted listo y preparado.

El joven sonrió un poco avergonzado.

—Sí —dijo—, a veces lo necesitamos en el lugar del que vengo.

—¿Y dónde es?

—Soy de Chicago.

—¿Un forastero en estas tierras?

—Sí.

—Puede ser que también la necesite aquí —dijo el obrero.

—¡Ah! ¿En serio? —el joven parecía interesado.

—¿No sabe nada de lo que está sucediendo por aquí?

—Nada extraño.

—Pensé que el país no paraba de hablar del asunto. Se enterará rápidamente. ¿Qué lo trae por aquí?

—Escuché que siempre hay trabajo para el hombre que lo desee.

—¿Es usted miembro de la unión de trabajadores?

—Claro.

—Entonces conseguirá un trabajo, supongo. ¿Tiene amigos?

—Todavía no, pero tengo los medios para hacerlos.

—¿Cómo?

—Pertenezco a la Antigua Orden de Hombres Libres. No existe ningún pueblo que no tenga una logia, y donde hay una logia están mis amigos.

El comentario tuvo un efecto singular sobre su compañero. Observó sospechosamente a los otros pasajeros del vagón. Los mineros todavía susurraban entre ellos. Los dos policías dormían. Se acercó, se sentó junto al joven viajero y extendió la mano.

—Póngala aquí —dijo. Se dieron la mano.

—Veo que usted dice la verdad —dijo el obrero—, pero siempre es mejor asegurarse.

Se tocó la ceja derecha con la mano derecha. El viajero inmediatamente se tocó la ceja izquierda con la mano izquierda.

—Las noches oscuras son desagradables —dijo el obrero.

—Sí, para que viajen los forasteros —contestó el otro.

—Eso es suficiente. Soy el hermano Scanlan, logia 341, Vermissa Valley. Me alegro de verlo por estas tierras.

—Gracias. Soy el hermano John McMurdo, logia 29, Chicago. Maestro del cuerpo J. H. Scott. Tengo suerte de haber encontrado un hermano tan rápidamente.

—Bueno, somos muchos. No encontrará una logia más próspera en ninguna otra parte de Estados Unidos que la de Vermissa Valley. Pero necesitamos jóvenes como usted. No entiendo cómo un hombre activo de la Unión Laboral no encontró trabajo en Chicago.

—Encontré mucho trabajo —dijo McMurdo.

—Entonces, ¿por qué se fue?

McMurdo señaló a los policías con la cabeza y sonrió.

—Supongo que a esos muchachos les gustaría saberlo —dijo.

Scanlan gimió compasivamente.

—¿Problemas? —preguntó en un susurro.

—Muchos.

—¿Un trabajo para la cárcel?

—Y todo lo demás.

—¡No me diga que fue un asesinato!

—Es demasiado pronto para hablar de esas cosas —dijo McMurdo con el aire de un hombre que ha sido sorprendido y ha dicho más de lo que quería—. Tengo mis razones para haber dejado Chicago, y eso es suficiente para usted. ¿Quién se cree que es para hacer semejantes preguntas?

Sus ojos grises centellearon con una repentina y peligrosa furia por detrás de sus anteojos.

—Bueno, amigo, no era mi intención ofender. Los muchachos no pensarán mal de usted, sea lo que sea que haya hecho. ¿Adónde se dirige?

—A Vermissa.

—Es la tercera parada en la línea. ¿Dónde se hospeda?

McMurdo sacó un sobre y lo acercó a la sucia lámpara de aceite.

—Aquí está la dirección: Jacob Shafter, Sheridan Street. Es una pensión que me recomendó un conocido en Chicago.

—Bueno, yo no la conozco, pero Vermissa está fuera de mi alcance. Yo vivo en Hobson's Patch, y es allí adonde nos estamos acercando. Pero, le daré un consejo antes de que nos separemos: si tiene algún problema en Vermissa, vaya directamente a la Casa de la Unión y pregunte por el jefe McGinty. Él es el maestro del cuerpo de la logia de Vermissa y nada sucede en esa zona a menos que lo quiera Black Jack McGinty. Hasta luego, amigo. Quizá nos veamos uno de estos días en la logia. Pero recuerde mis palabras: si tiene algún problema, vaya a ver al jefe McGinty.

Scanlan se bajó del tren y McMurdo se quedó solo nuevamente con sus pensamientos. Había anochecido y las llamas de los numerosos hornos rugían y saltaban en la oscuridad. Contra su espeluznante fondo, oscuras figuras se doblaban y se esforzaban, torciendo y girando, con el movimiento del torno o del cabrestante, al compás de un eterno martilleo y rugido.

—Me imagino que el infierno debe parecerse a eso —dijo una voz.

McMurdo se giró y vio que uno de los policías se había acomodado en su asiento y contemplaba el páramo de fuego.

—En cuanto a eso —dijo el otro policía—, admito que el infierno debe ser parecido. Si existen peores diablos allí que algunos que podríamos nombrar, es más de lo que esperaría. Supongo que es usted nuevo en esta zona, ¿no es así, joven?

—Bueno, ¿y qué si lo soy? —contestó McMurdo, malhumorado.

—Solo esto, señor: le aconsejo que elija con cuidado sus amistades. Si yo fuera usted, no empezaría con Mike Scanlan o su banda.

—¿Qué demonios le importa quiénes son mis amigos? —rugió McMurdo en una voz que atrajo la atención de todos los pasajeros del vagón y los hizo volverse para observar el altercado—. ¿Acaso le he pedido consejo o me cree un idiota tan grande que no podría moverme sin ello? Hable cuando alguien le hable primero y, por Dios, ¡si fuera por mí, tendría que esperar tiempo!

Adelantó su rostro y les sonrió macabramente a los policías como un perro furioso.

A los dos policías, hombres robustos y de buen carácter, les sorprendió la extraordinaria vehemencia que habían ocasionado sus avances amables.

—Sin ofender, forastero —dijo uno de ellos—. Era una advertencia por su bien, dado que usted es, por su apariencia, nuevo en este lugar.

—¡Soy nuevo aquí, pero no soy nuevo para ustedes ni para su clase! —gritó McMurdo totalmente enfurecido—. Veo que son iguales en todos lados, dando consejos cuando nadie se los pide.

—Quizá lo volvamos a ver dentro de poco —dijo uno de los policías con una leve sonrisa—. Sí que es usted especial, ¿no?

—Estaba pensando lo mismo —comentó el otro—. Creo que nos volveremos a encontrar.

—¡No les temo y ni se les ocurra! —exclamó McMurdo—. Mi nombre es Jack McMurdo, ¿ve? Si me quieren buscar, estaré en casa de Jacob Shafter, en Sheridan Street, Vermissa, así que no me escondo de ustedes, ¿o sí? De noche y de día, me atrevo a mirar a la gente como ustedes a la cara, ¡no crean lo contrario!

Un murmullo de compasión y admiración brotó de los mineros ante el comportamiento audaz del recién llegado. Los dos policías se encogieron de hombros y retomaron la conversación entre ellos.

Unos minutos después, el tren entró en una estación mal iluminada, y se produjo un descenso general, ya que Vermissa era con diferencia el pueblo más grande de la zona. McMurdo agarró su maleta de cuero y estaba a punto de adentrarse en la oscuridad cuando uno de los mineros se le acercó.

—¡Por Dios, amigo, usted sí que sabe cómo hablar a los policías! —dijo con admiración—. Fue grandioso escucharlo. Permítame llevarle la maleta y mostrarle el camino. Paso por donde Shafter para ir a mi choza.

Un coro de «adioses» amistosos surgió de los otros mineros mientras dejaban el andén. Antes de pisar el pueblo, McMurdo se había convertido en todo un personaje en Vermissa.

El campo había sido un lugar de terror, pero el pueblo era aún más deprimente. A lo largo del valle, por lo menos cierto esplendor sombrío surgía de los enormes fuegos y las nubes de humo a la deriva, mientras la fuerza y el ingenio del hombre hallaban monumentos apropiados en las colinas que había destruido y dejado de lado por sus monstruosas excavaciones. Pero el pueblo despedía un gran nivel de fealdad mezquina y mugrienta. La calle ancha estaba agitada por el tráfico y se había convertido en una horrenda pasta de nieve embarrada llena de baches. Las aceras eran estrechas y desiguales. Las numerosas lámparas a gas servían solo para mostrar con mayor claridad una larga hilera de casas de madera, cada una con su galería dando a la calle, descuidada y sucia.

Conforme se aproximaban al centro del pueblo, el escenario se iba iluminando por una hilera de tiendas brillantes, y aún más por tabernas y casas de juego donde los mineros gastaban sus sueldos, difíciles de ganar pero generosos.

—Esa es la Casa de la Unión —dijo el guía mientras señalaba una taberna que se elevaba casi a la dignidad de un hotel—. Jack McGinty es el jefe del lugar.

—¿Qué clase de hombre es? —preguntó McMurdo.

—¡Qué! ¿Nunca ha oído hablar del jefe?

—¿Cómo puedo haber oído de él si usted sabe que yo soy nuevo en este lugar?

—Bueno, pensé que su nombre era conocido a lo largo y ancho del país. Ha salido muchas veces en los periódicos.

—¿Por qué?

—Bueno —el minero bajó la voz—, por sus negocios.

—¿Qué negocios?

—Santo cielo, señor, usted sí que es raro, si puedo decirlo sin ofender. Solo escuchará hablar de un tipo de negocios en esta zona, y esos son los negocios de los Scowrers.

—Me parece que leí algo sobre los Scowrers en Chicago. ¿No son una banda de asesinos?

—¡Guarde silencio, por su vida! —exclamó el minero, quedándose quieto y en alerta mientras miraba con asombro a su compañero—. Hombre, no permanecerá vivo aquí por mucho tiempo si habla de esa manera en medio de la calle. A muchos hombres les han quitado la vida a golpes por mucho menos.

—Bueno, no sé nada sobre ellos. Es solo lo que he oído.

—Y no estoy diciendo que no haya leído la verdad —el hombre miró con nerviosismo a su alrededor mientras hablaba, contemplando las sombras como si temiese algún peligro acechante—. Si matar es asesinar, entonces Dios sabe que hay asesinatos, y de sobra. Pero ni se le ocurra mencionar el nombre de Jack McGinty en conexión con ellos, forastero, porque todo lo que se susurra, él lo escucha, y no es el tipo de hombre que perdona. Bueno, esa es la casa que busca, esa que está a unas yardas de la calle. Descubrirá que el viejo Jack Shafter, que la dirige, es uno de los hombres más honrados del pueblo.

—Se lo agradezco —dijo McMurdo y, después de darle la mano a su nuevo conocido, caminó con su maleta de cuero en la mano por el sendero que conducía a la pensión, en cuya puerta dio un golpe resonante.

Fue abierta de inmediato por alguien muy distinto a lo que esperaba. Era una mujer joven y de gran belleza. Era del tipo alemán, blanca y de cabellos rubios, con el contraste provocativo de un par de hermosos ojos oscuros con los que examinaba al forastero con sorpresa y una agradable turbación que inundó de color su pálido rostro. Enmarcada en la luz brillante de la puerta abierta, a McMurdo le pareció que jamás había visto una imagen más hermosa, más atractiva aún por la forma en que contrastaba con el entorno sórdido y sombrío. Una hermosa violeta creciendo sobre una de esas negras montañas de basura de las minas no habría sorprendido más. Tan encantado estaba que se quedó mirándola fijamente sin decir nada, y fue ella la que rompió el silencio.

—Pensé que era mi padre —dijo con un leve y agradable acento alemán—. ¿Viene usted a verlo? Está en el centro del pueblo. Espero que regrese en cualquier momento.

McMurdo continuó observándola con latente admiración hasta que la joven bajó los ojos, confusa ante este visitante tan dominante.

—No, señorita —dijo finalmente—, no tengo ninguna prisa por verlo. Pero me han aconsejado que me aloje en su casa. Pensé que podría convenirme... y ahora sé que me conviene.

—Usted se decide rápidamente —dijo la joven con una sonrisa.

—Nadie sino un ciego haría lo contrario —contestó McMurdo.

Ella rio ante el elogio.

—Entre ya, señor —dijo—. Yo soy la señorita Ettie Shafter, la hija del Sr. Shafter. Mi madre murió, y yo cuido la casa. Puede sentarse junto a la estufa en la antesala hasta que llegue mi padre. ¡Ah, aquí está! Ahora puede arreglarlo todo inmediatamente con él.

Un hombre mayor y corpulento caminaba por el sendero. En pocas palabras, McMurdo explicó su situación. Un nombre llamado Murphy le había dado la dirección en Chicago. Él, a su vez, la había recibido de otra persona. El viejo Shafter no puso pegas. Al forastero no le importaban los términos, aceptó inmediatamente todas las condiciones y estaba, al parecer, bien provisto de dinero. Por siete dólares a la semana pagados por adelantado tendría comida y techo.

De esta manera, McMurdo, el fugitivo confeso de la justicia, tomó una habitación en la casa de los Shafter, el primer paso que conduciría a una larga y oscura sucesión de acontecimientos que tendría su fin en una tierra lejana.

El maestro del cuerpo

cMurdo era un hombre que dejaba huella rápidamente. Dondequiera que estuviese, los locales pronto lo reconocían. En menos de una semana, se había convertido en la persona más importante de la pensión de Shafter. Había diez o doce huéspedes allí, pero eran honrados capataces o vulgares empleados de tienda, de un calibre muy distinto al joven irlandés. Cuando se juntaban por las tardes, su chiste era siempre el más agudo, su conversación la más brillante y su canción la mejor. Era un compañero nato con un magnetismo que atraía el buen humor de cuantos lo rodeaban. Y, sin embargo, demostraba una y otra vez, como lo había hecho en el vagón del tren, una capacidad para una ira repentina y salvaje que exigía el respeto e incluso el temor de quienes lo conocían. También exhibía un amargo desprecio por la ley y por todos los que tenían alguna relación con ella, desprecio que encantaba a algunos y alarmaba a otros de sus compañeros de pensión.

Desde el comienzo quedó claro, por su abierta admiración, que la hija de la casa había ganado su corazón en el mismo instante en que contempló su belleza y su gracia. No era un pretendiente tímido. Al segundo día le dijo que la amaba, y de ahí en adelante repitió la misma historia haciendo caso omiso de lo que ella pudiera decir para desalentarlo.

—¡Alguien más! —exclamaría—. ¡Bueno, mala suerte para ese alguien! ¡Que se cuide! ¿Acaso he de perder la oportunidad de mi vida y lo que mi corazón más desea por culpa de alguien más? ¡Puedes continuar diciéndome no, Ettie! Ya llegará el día en que me dirás que sí, y yo soy lo suficientemente joven como para esperar.

Era un pretendiente peligroso, con su desenvuelta lengua irlandesa y sus maneras cuidadas y lisonjeras. Además, lo rodeaba ese halo de experiencia y misterio que atrae el interés de una mujer y, finalmente, el amor de la joven. Podía hablar de los dulces valles de County Monaghan, su lugar de origen; de la hermosa y lejana isla, de las colinas bajas y de las praderas verdes que parecían aún más hermosas cuando la imaginación las contemplaba desde aquel lugar de mugre y nieve.

También conocía la vida en las ciudades del norte, en Detroit y los aserraderos de Michigan y, finalmente, en Chicago, donde había trabajado en un taller de cepillado. Y luego venían las insinuaciones de romance, el sentimiento de que en la gran ciudad le habían sucedido cosas extrañas, tan extrañas e íntimas que no podía hablar de ellas. Hablaba con nostalgia de una repentina marcha, de antiguos lazos rotos, de una fuga hacia un mundo ajeno que había terminado en este valle sombrío, y Ettie escuchaba, sus ojos oscuros centelleando de lástima y de compasión, esas dos cualidades que pueden transformarse de un modo rápido y natural en amor.

McMurdo había conseguido un trabajo provisional como contable porque era un hombre culto. Esto lo mantenía fuera de la pensión la mayor parte del día y aún no había tenido tiempo de presentarse ante al jefe de la logia de la Antigua Orden de Hombres Libres. No obstante, le recordó su omisión la visita de Mike Scanlan, el otro miembro de la orden que había conocido en el tren. Scanlan, aquel hombre pequeño y nervioso de ojos negros y rostro puntiagudo, parecía feliz de volverlo a ver. Después de uno o dos vasos de whisky, abordó la razón de su visita.

—Dígame, McMurdo —dijo—, recordé su domicilio y por eso me atreví a visitarlo. Me sorprende que todavía no se haya presentado al maestro del cuerpo. ¿Hay alguna razón en especial por la que no haya ido a ver al jefe McGinty?

—Bueno, tuve que buscar trabajo. He estado ocupado.

—Debe sacar el tiempo para ir a verlo aunque no le alcance para lo demás. ¡Santo cielo, hombre, está usted loco por no haber ido a la Casa de la Unión a registrar su nombre la primera mañana en que llegó aquí! Si se pone a malas con él... bueno, ¡no debe hacerlo, eso es todo!

McMurdo mostró cierta sorpresa.

—He sido miembro de la logia más de dos años, Scanlan, pero nunca había oído que nuestras obligaciones fueran tan urgentes como usted dice.

—Quizá no en Chicago.

—Bueno, pero aquí es la misma sociedad.

—¿Ah, sí? —Scanlan lo miró fijamente un buen rato. Había un brillo siniestro en sus ojos.

—¿Acaso no lo es?

—Ya lo dirá dentro de un mes. He oído que conversó usted con los policías después de que me bajara del tren.

—¿Cómo sabe eso?

—Oh, salió a la luz, las cosas siempre salen a la luz en este distrito, para bien o para mal.

—Bueno, sí. Les dije a esos sabuesos lo que pensaba de ellos.

—Por Dios, ¡usted sí que busca ganarse a McGinty!

—¿Qué, acaso él también odia a la policía?

Scanlan estalló en carcajadas.

—Vaya a verlo, muchacho —dijo mientras se despedía—. Si no lo hace, no odiará a la policía sino a usted. Ahora, ¡siga el consejo de un amigo y vaya a verlo inmediatamente!

Esa misma tarde, McMurdo tuvo otra entrevista más apremiante que le aconsejó lo mismo. Tal vez su interés por Ettie había sido más obvio que antes, o quizá, por fin, la mente lenta de su buen anfitrión alemán se había percatado de él. Cualquiera que fuese la causa, el dueño de la posada llamó al joven a su habitación privada y atacó el tema sin ningún circunloquio.

—Me parece, señor —dijo—, que a usted le interesa mi Ettie. ¿Es así o me equivoco?

—Sí, es así —contestó el joven.

—Bueno, quiero decirle ahora mismo que es inútil. Hay otro que se le ha adelantado.

—Ella me lo ha dicho ya.

—Bueno, puedo asegurarle que le dijo la verdad. Pero ¿le dijo quién es?

—No, le pregunté pero no quiso.

—No tengo duda de que no, ¡mi pequeña! Quizá no quería ahuyentarlo.

—¡Ahuyentarme! —McMurdo se encendió de ira inmediatamente.

—Ah, sí, amigo mío. No debe avergonzarse si lo teme. Es Teddy Baldwin.

—¿Y quién demonios es ese tipo?

—Es un jefe de los Scowrers.

—¡Los Scowrers! He oído hablar de ellos. ¡Hablan de los Scowrers por acá, los Scowrer por allá, pero siempre en un susurro! ¿A qué le temen? ¿Quiénes son los Scowrers?

El dueño de la pensión instintivamente bajó la voz, como hacían todos los que hablaban de esa terrible sociedad.

—¡Los Scowrers —dijo— son la Antigua Orden de Hombres Libres!

El joven lo miró con fijeza.

—Pero yo también soy miembro de esa orden.

—¡Usted! Nunca lo habría aceptado en mi casa si lo hubiese sabido, aunque me pagara cien dólares por semana.

—¿Qué hay de malo con la Orden? Sus pilares son la caridad y la camaradería. Las reglas lo dicen.

—Quizá en otros lugares. ¡No aquí!

—¿Qué es aquí?

—Una sociedad de asesinos, eso es lo que es.

McMurdo se rio incrédulo.

—¿Cómo puede probar eso? —preguntó.

—¡Probarlo! ¿Acaso los cincuenta asesinatos no lo prueban? ¿Qué hay de Milman y Van Shorst y la familia Nicholson, y el anciano Sr. Hyam, y el pequeño Billy James, y todos los demás? ¡Probarlo! ¿Hay un hombre o una mujer en este valle que no lo sepa?

—¡Escúcheme! —dijo McMurdo con gravedad—. Quiero que se retracte de lo dicho o que lo rectifique. Tendrá que hacer una de las dos cosas antes de que me vaya de esta habitación. Póngase en mi lugar. Aquí me tiene, un extraño en este pueblo. Soy miembro de una sociedad que sé que es inocente y que puede encontrarse a lo largo y ancho de los Estados Unidos, mas siempre como una agrupación inocente. Ahora, cuando estoy pensando en inscribirme en ella aquí, usted me dice que es una sociedad de asesinos llamada los Scowrers. Me parece que me debe una disculpa o una explicación, Sr. Shafter.

—Solo le dije lo que todo el mundo sabe, señor. Los jefes de la una son los jefes de la otra. Si ofende a uno, la otra lo castigará. Hemos tenido muchas pruebas de ello.

—¡Eso son solo rumores! ¡Quiero pruebas! —dijo McMurdo.

—Si vive aquí el tiempo suficiente tendrá las pruebas. Pero me olvido de que usted es uno de ellos. Pronto será tan malvado como los demás. Ahora tendrá que buscarse otro alojamiento, porque no lo tendré en el mío. ¿No es suficiente que uno de esos hombres venga a cortejar a mi hija y que yo no me atreva a echarlo, que ahora tengo que soportar como huésped a otro? ¡Sí, no hay duda, después de esta noche no dormirá usted aquí!

De esta manera, McMurdo recibió una sentencia de expulsión tanto de su cómoda habitación como de la mujer que amaba. Esa misma tarde, la encontró sola, sentada en la sala de estar, y le contó todos sus problemas.

—Tu padre me acaba de echar —dijo—. No me importaría si solo fuese la habitación, pero, a decir verdad, Ettie, aunque te conozco apenas hace una semana, eres el aliento de mi vida y ¡no puedo vivir sin ti!

—Oh, ¡Sr. McMurdo, no hable así! —dijo la muchacha—. Ya le he dicho que ha llegado demasiado tarde. Hay otro y, si no he prometido casarme con él de inmediato, al menos no puedo prometérselo a nadie más.

—Suponiendo que hubiese llegado primero, Ettie, ¿habría tenido alguna posibilidad?

La joven hundió la cabeza entre las manos.

—¡Por Dios, ojalá hubiese llegado primero! —sollozó la muchacha.

McMurdo se puso inmediatamente de rodillas ante ella.

—¡Por el amor de Dios, Ettie, no dejes que todo termine así! —exclamó—. ¿Arruinarás tu vida y la mía por una promesa? ¡Escucha tu corazón, *acushla*!

Es un guía mucho más seguro que cualquier promesa hecha antes de saber lo que decías —había tomado la mano blanca de Ettie entre las suyas, fuertes y oscuras—. ¡Solo di que eres mía y nos enfrentaremos juntos a todo!

—¡Aquí no!

—Sí, aquí.

—¡No, no, Jack! —sus brazos la rodeaban ahora—. No puede ser aquí. ¿Podrás llevarme lejos de aquí?

Emociones varias lucharon por un momento en el rostro de McMurdo, pero terminó duro como el granito.

—No, aquí —dijo—. ¡Te protegeré de todo el mundo, Ettie, aquí mismo!

—¿Por qué no podemos marcharnos juntos?

—No, Ettie, no puedo irme.

—Pero ¿por qué?

—Nunca podría ir con la cabeza alta si me ahuyentan de este lugar. Además, no hay nada de qué asustarse. ¿Acaso no somos gente libre en un país libre? Si tú me amas, y yo a ti, ¿quién osará interponerse entre nosotros?

—Tú no sabes, Jack. Llevas aquí muy poco tiempo. No conoces a ese Baldwin. No conoces a McGinty y sus Scowrers.

—¡No, no los conozco, y no les temo, y no creo en ellos! —dijo McMurdo—. He vivido rodeado de hombres rudos, querida mía, y en lugar de temerlos siempre terminan temiéndome a mí, siempre, Ettie. ¡A primera vista es absurdo! Si estos hombres, como dice tu padre, han cometido crimen tras crimen en este valle, y si todos saben quiénes son, ¿por qué nadie los ha llevado ante la justicia? ¡Respóndeme a eso, Ettie!

—Porque ningún testigo se atreve a declarar en su contra. No viviría ni un mes si lo hiciera. Además, siempre tienen sus propios hombres para jurar que el acusado se hallaba lejos del lugar del crimen. Pero seguramente, Jack, tú has leído acerca de esto. Tenía entendido que todos los periódicos de Estados Unidos estaban escribiendo sobre el tema.

—Es verdad que he leído algo, pero pensaba que era un cuento. Tal vez estos hombres tengan razón en lo que hacen. Quizá sufrieron un agravio y no tienen otra manera de ayudarse a sí mismos.

—¡Oh, Jack, no hables así! ¡Así es como habla él, el otro!

—¿Baldwin habla así?

—Y por eso lo aborrezco tanto. Oh, Jack, ahora puedo decirte la verdad: lo aborrezco con todo mi corazón, pero también lo temo. Temo por mí misma, pero sobre todo temo por mi padre. Sé que nos afectaría una gran desgracia si osara decir lo que en verdad siento. Por eso he aplazado el compromiso con medias promesas. Era nuestra única esperanza, pero si huyeras conmigo, Jack, podríamos llevar a mi padre con nosotros y vivir para siempre lejos del poder de esos malvados.

De nuevo las emociones lucharon por un momento en el rostro de McMurdo y de nuevo su cara terminó dura como el granito.

—Nadie te hará ningún daño, Ettie, ni tampoco a tu padre. Por lo que respecta a hombres malvados, pronto verás, antes de que acabe todo esto, que yo lo soy tanto como el peor de ellos.

—¡No, no, Jack! Confiaría en ti en cualquier parte.

McMurdo rio amargamente.

—¡Santo cielo, cuán poco me conoces! Tu alma inocente, querida mía, no puede ni imaginarse lo que esconde la mía. Pero, vaya, ¿quién es la visita?

La puerta se había abierto repentinamente y un tipo joven entró pavoneándose con aire de superioridad. Era un hombre atractivo y gallardo de aproximadamente la misma edad y complexión física que McMurdo. Bajo su ancho sombrero negro de fieltro, que no se había tomado la molestia de quitarse, un hermoso rostro con feroces ojos dominantes y una nariz curvada como el pico de un halcón observaba feroz a la pareja sentada junto a la estufa.

Ettie se puso en pie de un salto llena de confusión y miedo.

—Me alegra verlo, Sr. Baldwin —dijo—. Llega más temprano de lo que esperaba. Venga aquí y siéntese.

Baldwin permanecía de pie con las manos en las caderas observando a McMurdo.

—¿Quién ese este? —preguntó con brusquedad.

—Un amigo, Sr. Baldwin, un huésped nuevo. Sr. McMurdo, ¿puedo presentarle al Sr. Baldwin?

Los dos jóvenes se saludaron inclinando la cabeza de mal humor.

—¿Quizá la señorita Ettie le ha contado cómo están las cosas entre nosotros? —dijo Baldwin.

—No sabía que hubiese alguna relación entre ustedes.

—¿No sabía? Bueno, pues puede saberlo ahora. Le aseguro que esta joven dama es mía, y usted encontrará que hace una noche hermosa para una caminata.

—Gracias, no estoy de humor para un paseo.

—¿No lo está? —los salvajes ojos de aquel hombre resplandecían de ira—. ¡Quizá esté de humor para una pelea, Sr. Huésped!

—Sí lo estoy —exclamó McMurdo incorporándose de un salto—. Nunca ha dicho una palabra más bienvenida.

—¡Por el amor de Dios, Jack! ¡Oh, por amor de Dios! —lloraba la pobre y distraída Ettie—. Oh, Jack, Jack, ¡te lastimará!

—Oh, ahora es Jack, ¿no? —dijo Baldwin con una maldición—. Ya han llegado a ese punto, ¿no?

—Oh, Ted, sea razonable, sea amable. ¡Por mí, Ted, si alguna vez me ha amado, sea ahora magnánimo y misericordioso!

—Me parece, Ettie, que si nos dejaras a solas, podríamos arreglarlo todo en este mismo instante —dijo McMurdo con calma—. O quizá, Sr. Baldwin, preferiría acompañarme a la calle. Es una hermosa tarde, y hay un descampado a una manzana de distancia.

—Me vengaré sin ensuciarme las manos —dijo su enemigo—. ¡Deseará no haber pisado esta casa cuando termine con usted!

—No hay mejor momento que el presente —exclamó McMurdo.

—Yo elegiré el momento, señor. Déjeme arreglarlo todo. ¡Observe! —De repente se remangó y mostró en su antebrazo una curiosa señal que parecía haber sido marcada a fuego. Era un círculo con un triángulo dentro—. ¿Sabe lo que significa esto?

—¡Ni lo sé ni me importa!

—Bueno, lo sabrá, se lo prometo. Tampoco llegará a viejo. Quizá la señorita Ettie pueda decirle algo al respecto. Y en cuanto a usted, Ettie, volverá a mí de rodillas. ¿Me escucha, mujer? ¡De rodillas! Y luego le diré cuál será su castigo. ¡Ha sembrado y, por Dios, la veré cosechar!

Miró enfurecido a los dos. Luego, dio media vuelta y un instante después la puerta de entrada se cerró violentamente tras él.

Por unos momentos, McMurdo y la muchacha permanecieron en silencio. Luego, ella lo abrazó con fuerza.

—¡Oh, Jack, has sido muy valiente! Pero no sirve de nada, ¡debes huir esta misma noche, Jack, esta misma noche! Es tu única esperanza. Acabará con tu vida. Lo leí en sus terribles ojos. ¿Qué posibilidades tienes contra una docena de ellos, contra el jefe McGinty y todo el poder de la logia de su lado?

McMurdo se libró de su abrazo, la besó y luego la sentó suavemente en su silla.

—¡No te preocupes, *acushla,* no te preocupes! No te preocupes ni temas por mí. Yo también soy uno de los Hombres Libres. Ya se lo dije a tu padre. Quizá no sea mejor que los demás, así que no me conviertas en un santo. ¿Es posible que me odies también ahora que te lo he dicho?

—¿Odiarte, Jack? ¡Mientras siga con vida jamás lo haré! Me han dicho que no es malo ser miembro de los Hombres Libres en cualquier lugar excepto aquí, ¿por qué debería pensar peor de ti por eso? Pero, si eres uno de los Hombres Libres, Jack, ¿por qué no vas y te haces amigo del jefe McGinty? ¡Oh, apresúrate, Jack, apresúrate! Dale tu versión primero, si no los sabuesos te perseguirán.

—Estaba pensando lo mismo —dijo McMurdo—. Iré ahora mismo y lo arreglaré todo. Dile a tu padre que dormiré aquí esta noche y buscaré otra habitación mañana.

La taberna de McGinty estaba llena, como siempre, pues era el lugar favorito de descanso para todos los elementos más rudos del pueblo. El hombre era popular porque tenía un carácter tosco y jovial que formaba la máscara que ocultaba mucho de lo que se ocultaba detrás de ella. Pero, a pesar de su popularidad, el temor que inspiraba en todo el municipio, y también en las treinta millas del valle y en las montañas que lo rodeaban, bastaba por sí solo para llenar la taberna, ya que nadie podía permitirse el lujo de desatender su buena voluntad.

A pesar de esos poderes secretos que todo el mundo creía que ejercía tan despiadadamente, era un funcionario público de alto rango, un concejal municipal, y el comisario de carreteras, elegido gracias a los votos de los rufianes que, a cambio, esperaban recibir ciertos favores de su parte. Las contribuciones y los impuestos eran enormes; las obras públicas estaban totalmente descuidadas; las cuentas eran obviadas por auditores sobornados, y se aterrorizaba a los ciudadanos decentes para que pagaran chantajes públicos y mantuviesen la boca cerrada por miedo a que les sucediera algo peor.

De este modo, año tras año, los alfileres de diamantes del jefe McGinty se volvían más llamativos, sus cadenas de oro más pesadas y su chaleco más espléndido, mientras su taberna se hacía más y más grande, hasta amenazar con absorber toda una manzana de Market Square.

McMurdo empujó la puerta basculante de la taberna y se abrió camino a través de la muchedumbre y de la atmósfera cargada por el humo del tabaco y el olor de los licores. El lugar tenía una brillante iluminación y los enormes espejos laminados en oro que cubrían cada pared reflejaban y multiplicaban la luz chillona. Había varios cantineros, con sus camisas de manga larga, que trabajaban duro mezclando bebidas para los haraganes que ocupaban un lado del ancho mostrador forrado de metal.

Al fondo, con el cuerpo apoyado contra la barra y con un cigarro que formaba un ángulo agudo con la comisura de sus labios, había un hombre alto, fuerte y de físico muy desarrollado que no podía ser otro que el célebre McGinty. Era un gigante de melena negra, con una barba que cubría hasta los pómulos y una greña de cabello que caía hasta el cuello de su camisa. Su tez era morena como la de un italiano, y sus ojos de un extraño color negro que, combinado con un ligero estrabismo, les daba una apariencia particularmente siniestra.

Todo lo demás en este hombre —sus nobles proporciones, sus rasgos finos y su porte desenvuelto— encajaba con ese comportamiento jovial y de igual a igual que mostraba. Aquí, diría cualquiera, tenemos un tipo fanfarrón y honesto, de corazón amable aunque sus palabras sean rudas y directas. Solo cuando esos ojos oscuros muertos, profundos y sin piedad observaban a un hombre, este se encogía sintiendo que estaba frente a una maldad latente infinita, tras la que se ocultaban una fuerza, un coraje y una astucia que la hacían mil veces más mortal.

Después de observar detenidamente a aquel hombre, McMurdo se abrió camino a codazos con su usual audacia descuidada y se metió a empujones en medio del pequeño grupo de cortesanos que adulaban a su poderoso jefe, riendo a grandes carcajadas ante la más pequeña de sus bromas. Los intrépidos ojos grises del joven forastero miraron con audacia, a través de sus anteojos, los ojos negros y letales que, de repente, se clavaron en él.

—Bueno, joven, no recuerdo su rostro.

—Soy nuevo aquí, Sr. McGinty.

—Nunca puede uno ser tan nuevo como para no dirigirse apropiadamente a un caballero.

—Es concejal McGinty, joven —dijo una voz del grupo.

—Perdóneme, concejal. No conozco las costumbres de este lugar, pero me han aconsejado que venga a verlo.

—Bueno, ya me está usted viendo. Esto es todo lo que hay. ¿Qué piensa de mí?

—Todavía es pronto... pero si su corazón es tan grande como su cuerpo y su alma tan fina como su rostro, entonces no podría pedir nada mejor —dijo McMurdo.

—¡Caramba, vaya una lengua irlandesa que hay en esa cabeza! —exclamó el dueño de la taberna, no muy seguro de si seguir la corriente al audaz visitante o aplastar su dignidad.

—Entonces, ¿es usted lo suficientemente bueno como para aprobar mi apariencia?

—Claro —dijo McMurdo.

—¿Y le han aconsejado que venga a verme?

—Sí.

—¿Quién se lo dijo?

—El hermano Scanlan de la logia 341, Vermissa. Bebo a su salud, concejal, y por nuestra futura amistad —llevó a los labios el vaso que le habían alcanzado, y extendió el meñique mientras bebía.

McGinty, que lo había estado mirando con desconfianza, levantó sus gruesas cejas oscuras.

—Oh, conque es así ¿no? —dijo—. Tendré que investigar algo más esto, señor...

—McMurdo.

—Acérquese un poco, McMurdo. En este lugar no confiamos en la gente ni creemos todo lo que nos dice. Venga un momento por aquí, detrás de la barra.

Allí había una pequeña habitación, llena de barriles. McGinty cerró la puerta con cuidado y luego se sentó sobre uno de ellos mientras mordía pensativamente su cigarro y observaba a su compañero con ojos inquietos. Durante unos minutos se mantuvo callado. McMurdo soportó la inspección con calma, una mano en el bolsillo del abrigo, la otra atusando sus bigotes. De repente, McGinty se agachó y sacó un revólver de aspecto ominoso.

—Mire, bromista —dijo—, si pensara que nos está engañando, su tiempo se acortaría en grado sumo.

—Extraña bienvenida —contestó McMurdo con cierta dignidad— del maestro del cuerpo de la Logia de Hombres Libres a un hermano forastero.

—Ajá, pero eso es justamente lo que usted tiene que probar —dijo McGinty—, y que Dios lo ayude si no puede. ¿Dónde se hizo miembro?

—Logia 29, Chicago.

—¿Cuándo?

—24 de junio de 1872.

—¿Quién era el maestro del cuerpo?

—James H. Scott.

—¿Quién es el líder de su distrito?

—Bartholomew Wilson.

—¡Hum! Parece que contesta de forma desenvuelta. ¿Qué hace aquí?

—Trabajo, igual que usted, pero en un oficio más pobre.

—Contesta con rapidez.

—Sí, mi lengua siempre es rápida.

—¿Actúa con rapidez?

—Tenía esa reputación entre quienes mejor me conocían.

—Bueno, tal vez lo pongamos a prueba antes de lo que se imagina. ¿Ha oído hablar de la logia de esta zona?

—Me han dicho que se necesita ser un hombre para ingresar en ella.

—En su caso es verdad, Sr. McMurdo. ¿Por qué dejó Chicago?

—¡Jamás se lo diría!

McGinty abrió los ojos. No estaba acostumbrado a que le contestaran de esa manera, pero le divertía.

—¿Por qué no quiere decírmelo?

—Porque ningún hermano puede mentirle a otro.

—Entonces, ¿la verdad es demasiado terrible para decirla?

—Puede pensar eso si quiere.

—Escuche, señor, no esperará que yo, el maestro del cuerpo, permita el ingreso en la logia a un hombre que no puede hablar de su pasado.

McMurdo parecía perplejo. Luego sacó un gastado recorte de periódico de un bolsillo interior.

—¿No delataría a un compañero? —dijo.

—¡Le cruzaré la cara si me habla así! —gritó enojado McGinty.

—Tiene usted razón, concejal —dijo McMurdo mansamente—. Le debo una disculpa. He hablado sin pensar. Bueno, ahora sé que estoy seguro en sus manos. Mire ese recorte.

McGinty ojeó el relato del tiroteo contra un tal Jonas Pinto, en el Lake Saloon, Market Street, Chicago, la semana de Año Nuevo de 1874.

—¿Obra suya? —preguntó mientras le devolvía el papel.

McMurdo afirmó con la cabeza.

—¿Por qué le disparó?

—Estaba ayudando al Tío Sam a hacer dólares. Quizá mi oro no fuese de la misma calidad que el suyo, pero eran parecidos y el mío salía más barato. Ese hombre, Pinto, me ayudaba a introducir los falsos...

—¿A hacer qué?

—Bueno, significa poner los dólares en circulación. Luego dijo que nos delataría. Tal vez lo hiciera, pero yo no esperé a verlo. Lo maté y luego vine para la tierra del carbón.

—¿Por qué la zona carbonífera?

—Porque había leído en los periódicos que en estas tierras no hacían demasiadas preguntas.

McGinty se rio.

—Así que primero falsificador y luego asesino, ¿y vino usted a estas tierras porque pensó que sería bienvenido?

—Puede resumirse de ese modo —contestó McMurdo.

—Bueno, supongo que llegará muy lejos. Dígame, ¿todavía sabe hacer esos dólares?

McMurdo sacó media docena de monedas de su bolsillo.

—Estos nunca pasaron por la casa de la moneda de Washington —dijo.

—¡No me diga! —McGinty las sostuvo hacia la luz en su enorme mano, peluda como la de un gorila—. ¡No noto ninguna diferencia! ¡Ja, me parece que será usted un hermano muy útil! Podemos admitir uno o dos hombres malos entre nosotros, amigo McMurdo, porque a veces tenemos que proteger nuestros intereses. Pronto estaríamos contra la pared si no empujáramos a quienes nos empujan primero.

—Bueno, supongo que tendré mi parte en esos empujones junto al resto de los muchachos.

—Parece valiente. No se sobresaltó cuando le apunté con mi pistola.

—No era yo quien corría peligro.

—¿Quién, entonces?

—Usted, concejal —McMurdo sacó una pistola martillada del bolsillo lateral de su chaquetón de marinero—. Lo he tenido a tiro todo el tiempo. Me imagino que mi disparo hubiese sido tan rápido como el suyo.

—¡Por Dios! —el rostro de McGinty se encendió de ira, pero luego estalló en ruidosas carcajadas—. Hace muchos años que no aparece por aquí un malvado de verdad. Me imagino que la logia aprenderá a enorgullecerse de usted. Bueno, ¿qué demonios quiere? ¿No puedo hablar cinco minutos a solas con un hombre sin que me interrumpan?

El cantinero parecía avergonzado.

—Discúlpeme, concejal, pero es el Sr. Baldwin. Me asegura que tiene que verlo inmediatamente.

El mensaje resultó innecesario, porque el rostro firme y cruel de aquel hombre miraba por encima del hombro del sirviente. Empujó al cantinero fuera de la habitación y cerró la puerta.

—Así que —dijo con una mirada iracunda hacia McMurdo—, llegó aquí primero, ¿no? Tengo algo que decirle, concejal, sobre este hombre.

—Entonces dilo ahora y delante de mí —exclamó McMurdo.

—Lo diré cuándo y cómo quiera.

—¡No, no! —dijo McGinty bajándose del barril—. Esto no funciona así. Tenemos a un nuevo hermano, Baldwin, y no es nuestra costumbre saludarlo de esa manera. Dense la mano y arréglenlo todo.

—¡Nunca! —gritó Baldwin con furia.

—Le he ofrecido pelear —dijo McMurdo— si considera que lo he agraviado. Lucharé con mis puños o, si eso no lo satisface, de la forma que él elija. Dejo en sus manos, concejal, que juzgue entre nosotros, como es el deber del maestro del cuerpo.

—¿Cuál es el problema?

—Una joven dama. Es libre de elegir por sí misma.

—¿Ah, sí? —exclamó Baldwin.

—Como es entre dos hermanos de la logia, yo diría que lo es —dijo el jefe.

—Ah, ¿ese es su fallo, entonces?

—Sí, lo es, Ted Baldwin —dijo McGinty con una mirada malévola—. ¿Será usted quien lo discuta?

—¿Dejaría de lado a un hombre que ha permanecido fiel a su lado estos cinco años por otro al que no ha visto? Usted no es maestro del cuerpo de por vida, Jack McGinty, y ¡por Dios, la próxima vez que vote...!

El concejal se abalanzó sobre él como un tigre. Su mano se cerró alrededor del cuello de su oponente y lo arrojó contra uno de los barriles. Loco de ira, le hubiese arrancado la vida si McMurdo no hubiese intervenido.

—¡Tranquilo, concejal! ¡Por amor de Dios, tranquilícese! —exclamó mientras lo arrastraba lejos de Baldwin.

McGinty soltó a su oponente y Baldwin, intimidado, turbado, jadeante y con todos sus miembros temblando como alguien que ha visto de cerca la muerte, se sentó en el barril contra el cual había sido arrojado.

—Se lo ha estado buscando hace tiempo, Ted Baldwin. ¡Ya lo tiene! —exclamó McGinty, mientras su enorme pecho subía y bajaba—. Tal vez crea que, si votan en mi contra y pierdo el puesto de maestro del cuerpo, usted podrá ocupar mi lugar. La logia es quien decide, pero, mientras sea el jefe, no toleraré que ningún hombre me alce la voz ni cuestione mis decisiones.

—No tengo nada contra usted —balbució Baldwin mientras se tocaba la garganta.

—Bueno, entonces —exclamó el otro, retornando al instante a su anterior jovialidad aparente—, volvemos a ser buenos amigos y el asunto está arreglado.

Agarró una botella de champán de un estante y la descorchó.

—Vengan —continuó mientras llenaba tres vasos altos—. Bebamos y hagamos el brindis de la logia contra las disputas internas. Como saben, después de esto, ya no puede haber mala sangre entre nosotros. Vamos, la mano izquierda sobre mi nuez. Le pregunto, Ted Baldwin, ¿cuál es la ofensa, señor?

—Las nubes son negras —contestó Baldwin.

—Pero serán por siempre brillantes.

—Y esto juro.

Los hombres vaciaron sus copas, y la misma ceremonia fue realizada entre Baldwin y McMurdo.

—¡Ya está! —exclamó McGinty, frotándose las manos—. Aquí termina la disputa. Si continúa, estarán bajo la disciplina de la logia, y esa es una mano muy pesada, como sabe el hermano Baldwin y como usted sabrá muy pronto, hermano McMurdo, ¡si se mete en problemas!

—Le juro que tardaré en hacerlo —dijo McMurdo. Extendió su mano hacia Baldwin—. Soy rápido para discutir y rápido para perdonar. Siempre me dicen que es mi sangre caliente irlandesa. Pero todo está zanjado para mí y no guardo ningún rencor.

Baldwin se vio obligado a estrechar la mano que le tendían, ya que el maléfico ojo del terrible jefe lo observaba. Pero su rostro sombrío mostraba lo poco que le habían impresionado aquellas palabras.

McGinty golpeó a ambos en el hombro.

—¡Ah... estas chicas! ¡Estas chicas! —gritó—. ¡Pensar que las mismas faldas se han interpuesto entre dos de mis muchachos! ¡Demonios de suerte!

Bueno, es la chica la que debe zanjar la cuestión, puesto que excede la jurisdicción de un maestro del cuerpo y ¡alabemos al Señor por ello! Ya tenemos suficiente con nosotros, sin mujeres. Usted deberá afiliarse a la logia 341, hermano McMurdo. Tenemos nuestros propios métodos y maneras, distintos a los de Chicago. Nos reunimos los sábados por la noche y, si se presenta entonces, lo haremos parte de Vermissa Valley para siempre.

Logia 341, Vermissa

l día siguiente a la tarde en que ocurrieron tantos acontecimientos emocionantes, McMurdo se mudó de la pensión del viejo Jacob Shafter y se alojó en la posada de la viuda McNamara, en el límite más alejado de las afueras del pueblo. Scanlan, la primera persona que conoció en el tren, poco después tuvo motivos para mudarse a Vermissa y los dos se hospedaron en la misma casa. No había otros inquilinos y la anfitriona era una anciana irlandesa despreocupada que los dejaba tranquilos, por lo que tenían una libertad de expresión y de movimientos bienvenida para hombres que tienen secretos en común.

Shafter había cedido hasta el punto de permitir que McMurdo fuese a comer con ellos cuando quisiera, de modo que su relación con Ettie no fue interrumpida en absoluto. Al contrario, se volvió más cercana e íntima a medida que pasaban las semanas.

McMurdo consideraba que la habitación de su nueva residencia era un lugar seguro donde instalar sus moldes de acuñar y, después de muchas promesas de guardar el secreto, permitió a varios hermanos de la logia entrar en ella y contemplarlos; cada uno se llevó en los bolsillos algunas muestras del dinero falso, acuñado con tal habilidad que nunca había ni peligro ni dificultades en utilizarlo. Por qué McMurdo aceptaba trabajar, si dominaba tan maravilloso arte, era un perpetuo misterio para sus compañeros, aunque aclaraba a cualquiera que se lo preguntara que, si vivía sin un empleo visible, atraería rápidamente a la policía.

De hecho, ya había un policía tras él; pero el incidente, afortunadamente, le hizo más bien que mal al aventurero. Después de la primera entrevista, hubo pocas tardes en las que sus pasos no lo condujeran a la taberna de McGinty para conocer mejor a «los muchachos», el jovial título con que se hacía llamar la peligrosa banda que infestaba el lugar. Su actitud gallarda y su lengua audaz lo convirtieron en el favorito de todos, mientras que la forma rápida y científica con que se deshizo de su oponente en una pelea de bar le ganó el respeto de aquella ruda comunidad. No obstante, otro incidente lo elevó aún más en la estima de la banda.

Una noche, justo a la hora en que más llena estaba la taberna, la puerta se abrió de golpe y entró un hombre con el uniforme celeste y el gorro puntiagudo de la Policía del Carbón y el Hierro. Era esta una fuerza especial mantenida por los propietarios del tren y de las minas de carbón para suplir los esfuerzos de la policía común, totalmente indefensa ante los rufianes organizados que aterrorizaban el distrito. Se hizo el silencio cuando entró y numerosas miradas curiosas cayeron sobre él, pero en los Estados Unidos las relaciones entre los policías y los criminales resultan peculiares, y el mismo McGinty, de pie detrás del mostrador, no se sorprendió cuando el inspector se mezcló con el resto de sus clientes.

—Un whisky solo, que la noche es fría —dijo el oficial de policía—. Creo que no nos conocemos, concejal.

—¿Es usted el nuevo capitán? —preguntó McGinty.

—Así es. Esperamos que usted, concejal, y los demás ciudadanos de peso nos ayuden a defender la ley y mantener el orden en este municipio. Capitán Marvin es mi nombre, del Carbón y el Hierro.

—Estaríamos mejor sin usted, capitán Marvin —dijo McGinty con frialdad—, porque tenemos nuestra propia policía en este municipio y no necesitamos mercancía importada. ¿Qué es usted sino el brazo a sueldo de los capitalistas, contratado para aporrear o disparar a los ciudadanos pobres?

—Bueno, bueno, no discutiremos eso —dijo el oficial de policía con buen humor—. Espero que todos cumplamos con nuestras obligaciones tal como se nos presenten, aunque no a todos se nos presentan de la misma manera —había vaciado su vaso y se disponía a irse cuando su mirada se posó sobre Jack McMurdo, quien, pegado a su codo, lo observaba con violencia—. ¡Aquí tenemos a un viejo conocido!

McMurdo se apartó de él.

—Jamás he sido su amigo ni de ningún otro maldito poli —dijo.

—Un conocido no siempre es un amigo —dijo el policía con una sonrisa burlona—. ¡Usted es, sin duda, Jack McMurdo de Chicago y no se atreva a negarlo!

McMurdo se encogió de hombros.

—No lo niego —dijo—. ¿Acaso cree que me avergüenzo de mi nombre?

—Existe una buena razón para ello.

—¿Qué diablos quiere decir con eso? —rugió McMurdo apretando los puños.

—No, no, Jack, el fanfarroneo no funciona conmigo. Fui oficial en Chicago antes de venir a esta maldita cárcel de carbón, y reconozco a un criminal de Chicago cuando lo veo.

La desilusión cubrió el rostro de McMurdo.

—¡No me diga que es usted el Marvin de la Central de Chicago! —exclamó.

—El mismo viejo Teddy Marvin, a su servicio. Allí no hemos olvidado aún el asesinato de Jonas Pinto.

—Nunca le disparé.

—¿Ah, no? Esa sí que es evidencia imparcial, ¿no? Bueno, su muerte le vino inusualmente como anillo al dedo, porque, si no, lo habrían detenido por falsificación. En fin, dejemos todo eso en el pasado, ya que, entre usted y yo (y quizá esté yendo más lejos de lo que me permite el deber), no fueron capaces de elaborar una buena acusación y Chicago sigue estando abierto para usted.

—Estoy muy bien aquí.

—Bueno, le he dado el soplo, y es usted un perro malhumorado si no me da las gracias por ello.

—Bueno, supongo que su intención es buena, y sí, se lo agradezco —dijo McMurdo en tono poco amable.

—Mantendré la boca cerrada mientras vea que vive conforme a la ley —dijo el capitán—, pero, ¡por Dios que si vuelve a meterse en problemas, todo cambiará rápidamente! Así que, buenas noches a usted, y buenas noches, concejal.

Abandonó la taberna, pero no antes de haber creado un héroe local. Mucho se había murmurado sobre las actividades de McMurdo en la lejana Chicago. Había esquivado todas las preguntas con una sonrisa, como alguien que no desea que la fama caiga sobre él. Pero ahora todo se había confirmado oficialmente. Los haraganes del bar lo rodearon y le dieron la mano de buena gana. Podía beber mucho sin que se le notara, pero si ese día su amigo Scanlan no hubiese estado a mano para llevarlo a su casa, el festejado héroe sin duda habría pasado la noche debajo del mostrador.

Un sábado por la noche, McMurdo fue presentado a la logia. Había pensado ingresar sin ninguna ceremonia porque era un iniciado de Chicago, pero existían ciertos ritos en Vermissa de los cuales se enorgullecían y todos los postulantes debían pasar por ellos. La asamblea se congregó en una gran habitación reservada para tales propósitos en la Casa de la Unión. Alrededor de sesenta miembros se juntaron en Vermissa, pero en modo alguno representaban todo el poder de la organización, ya que existían varias logias en el valle y otras a ambos lados de las montañas que intercambiaban miembros cuando surgía algún asunto serio, de modo que un delito podía ser cometido por hombres que no pertenecían a esa comunidad. Juntando a todos, no había menos de quinientos miembros dispersos por todo el distrito carbonífero.

En la desnuda habitación, los hombres se ubicaron alrededor de una mesa larga. Al lado había otra cubierta de botellas y copas que algunos miembros de la compañía ya observaban fijamente. McGinty se sentó a la cabeza con una gorra plana de terciopelo negro sobre su cabello negro y enredado, y una estola púrpura alrededor del cuello, de manera que parecía un sacerdote presidiendo un rito diabólico. A derecha e izquierda se colocaron los oficiales de mayor rango de la logia, el rostro cruel y atractivo de Ted

Baldwin entre ellos. Cada uno llevaba una bufanda o un medallón como emblema de su cargo.

En su mayoría eran hombres de edad madura, pero el resto de la compañía estaba formada por tipos jóvenes de entre dieciocho y veinticinco años de edad, los agentes preparados y capaces que llevaban a cabo las órdenes de sus mayores. Entre los viejos había muchos cuyos rostros mostraban las salvajes almas sin ley que llevaban dentro. Sin embargo, al observar a los soldados rasos, era difícil pensar que aquellos jóvenes ansiosos y francos fueran en verdad una peligrosa banda de asesinos cuyas mentes habían sufrido una perversión moral tan completa que se enorgullecían de la eficiencia con que realizaban el trabajo, y trataban con el respeto más absoluto al hombre que tenía la reputación de llevar a cabo lo que ellos llamaban «un trabajo impecable».

Para sus retorcidas naturalezas, ofrecerse voluntariamente para asesinar a un hombre que no les había hecho ningún daño y al que, en muchos casos, jamás habían visto, se había convertido en un asunto animoso y caballeresco. Después de cometido el crimen, se peleaban por quién había dado el golpe fatal, y se entretenían entre ellos y al resto de la compañía describiendo los gritos y las contorsiones del asesinado.

Al principio habían mantenido sus operaciones en secreto, pero en la época que describe esta narración, actuaban a la vista de todos, ya que los repetidos fracasos de la ley les habían mostrado que, por un lado, nadie osaba declarar en su contra y, por otro, que tenían a su disposición un número infinito de testigos comprados y un cofre bien provisto de donde podían sacar los fondos necesarios para contratar los mejores talentos legales del país. A lo largo de esos diez años de ultrajes, no había habido una sola condena, y el único peligro que amenazaba a los Scowrers provenía de las propias víctimas, quienes, a pesar de ser superadas en número y de ser atacadas por sorpresa, podían y a veces lograban dejar alguna marca en los asaltantes.

A McMurdo le habían avisado de que le esperaba una prueba difícil, pero nadie le había dicho en qué consistía. Ahora dos hermanos lo condujeron solemnes a otra habitación. A través del tabique de madera podía oír el murmullo de muchas voces que provenía de la asamblea. Una o dos veces escuchó su nombre y supo que discutían su candidatura. Luego, entró un guardián con una faja verde y oro que le cruzaba el pecho.

—El maestro del cuerpo ordena que sea atado, se le tapen los ojos y sea guiado adentro —dijo.

Los tres hermanos le quitaron el abrigo, levantaron la manga de su brazo derecho y luego pasaron y ataron una soga alrededor del codo. Acto seguido, colocaron una gruesa capucha negra sobre su cabeza y la parte superior de su rostro para que no pudiera ver nada. Luego, lo condujeron a la sala de la asamblea.

La atmósfera bajo la capucha era sofocante y oscura como el alquitrán. Escuchaba el crujido y el murmullo de la gente que lo rodeaba. Luego, la voz de McGinty resonó por la habitación, apagada y distante a través de la capucha que cubría sus orejas.

—John McMurdo —dijo la voz—, ¿ya es usted miembro de la Antigua Orden de Hombres Libres?

Se inclinó a modo de afirmación.

—¿Es su logia la número 29 de Chicago?

Volvió a inclinarse.

—Las noches oscuras son desagradables —dijo la voz.

—Sí, para que viajen los forasteros —contestó.

—Las nubes son negras.

—Sí, se avecina una tormenta.

—¿La hermandad está satisfecha? —preguntó el maestro del cuerpo.

Hubo un murmullo general de asentimiento.

—Sabemos, hermano, por su seña y contraseña que, de verdad, es uno de los nuestros —dijo McGinty—. Sin embargo, le diremos que en este condado y en otros de los alrededores tenemos ciertos ritos y también ciertas obligaciones propias que exigen de buenos hombres. ¿Está listo para ser examinado?

—Lo estoy.

—¿Es usted de corazón firme?

—Lo soy.

—Dé un paso adelante para demostrarlo.

Mientras escuchaba esas palabras, sintió que apretaban contra sus ojos dos puntas sólidas, presionando de tal manera que daba la impresión de que los perdería si daba un paso más. Sin embargo, se armó de valor para avanzar resueltamente y, cuando lo hizo, la presión desapareció. Escuchó el murmullo de algunos aplausos.

—Tiene un corazón firme —dijo la voz—. ¿Puede soportar el dolor?

—Tan bien como cualquier otro —contestó.

—¡Pónganlo a prueba!

Apenas pudo evitar gritar, pues un dolor agudo atravesó su antebrazo. Casi se desmaya por la súbita impresión, pero se mordió el labio y apretó los puños para ocultar su agonía.

—Puedo soportar mucho más que esto —dijo.

Esta vez escuchó fuertes aplausos. Nunca se había causado una mejor primera impresión en la logia. Unas manos le golpeaban la espalda y arrancaron la capucha de su cabeza. Permaneció inmóvil, parpadeando y sonriendo, en medio de las felicitaciones de sus hermanos.

—Una última palabra, hermano McMurdo —dijo McGinty—. Ya ha jurado el voto de secreto y lealtad. ¿Sabe que violarlo se castiga con muerte instantánea e inevitable?

—Lo sé —dijo McMurdo.

—¿Y acepta el mandato del maestro del cuerpo en todas las circunstancias?

—Lo acepto.

—Entonces, en nombre de la logia 341, Vermissa, le doy la bienvenida a sus privilegios y debates. Ponga el licor en la mesa, hermano Scanlan, y brindaremos por la salud de nuestro digno hermano.

Le habían devuelto el abrigo a McMurdo, pero antes de ponérselo se examinó el brazo derecho, que le seguía escociendo mucho. Allí, en la piel de su antebrazo, había un círculo bien delineado con un triángulo dentro, profundo y rojo, como lo había dejado el hierro que lo marcó. Un par de sus vecinos se remangaron y le mostraron sus propias marcas de la logia.

—Todos la tenemos —dijo uno—, pero no todos la soportamos tan bien como usted.

—¡Ja! No ha sido nada —dijo a pesar de que todavía le dolía y le quemaba. Una vez acabadas todas las bebidas que se tomaron después de la ceremonia de iniciación, siguieron los asuntos de la logia. McMurdo, acostumbrado a las prosaicas representaciones de Chicago, escuchó con los oídos bien abiertos y con mucha más sorpresa de lo que se atrevía a mostrar lo que se dijo a continuación.

—El primer asunto de la agenda —dijo McGinty— es leer la siguiente carta de la División del Maestro Windle, de Merton County, logia 249. Dice:

> Estimado señor:
> Hay un trabajo que hacer contra Andrew Rae, de Rae & Sturmash, propietarios de carbón de estos alrededores. Recuerde que su logia nos debe un favor, dado el servicio que dos de nuestros hermanos le brindaron el otoño pasado en el asunto del guardia. Envíe dos hombres de fiar. Estarán bajo las órdenes de Higgins, el tesorero de esta logia, cuyo domicilio usted ya conoce. Él les dirá qué hacer y dónde.
> Suyo en libertad,
>
> J. W. Windle, D. M. A. O. F.

—Windle nunca se ha negado a prestarnos uno o dos hombres cuando se los pedimos y ahora nosotros no podemos negarnos —McGinty hizo una pausa y echó una mirada alrededor de la habitación con opacos ojos malévolos—. ¿Quién se ofrece voluntario para hacer este trabajo?

Varios jóvenes levantaron la mano. El maestro del cuerpo los miró con una sonrisa de aprobación.

—Usted, Tigre Cormac. Si lo maneja tan bien como el último trabajo, no tendrá problemas. Y usted, Wilson.

—No tengo pistola —dijo el voluntario, un simple adolescente.

—Es su primer encargo, ¿no es así? Bueno, alguna vez tenía que ser su bautizo de sangre. Será un gran comienzo para usted. En cuanto a la pistola, si no me equivoco, lo estará esperando allí. Si se presentan el lunes, dispondrán de tiempo suficiente. Tendrán una gran bienvenida cuando regresen.

—¿Hay alguna recompensa esta vez? —preguntó Cormac, un corpulento joven de tez oscura y aspecto brutal, cuya ferocidad le había valido el apodo de «Tigre».

—No se preocupen por la recompensa. Solo háganlo por el honor que entraña. Quizá, una vez realizado, haya algunos dólares al fondo de la caja.

—¿Qué ha hecho ese hombre? —preguntó el joven Wilson.

—Usted no es nadie para preguntar qué ha hecho ese hombre. Ya lo han juzgado allí. No es asunto nuestro. Lo único que tenemos que hacer es llevarlo a cabo por ellos, lo mismo que harían por nosotros. Hablando de eso, dos hermanos de la logia Merton vendrán la semana que viene para hacer unos trabajos en esta zona.

—¿Quiénes son? —preguntó el mismo joven.

—Confíe en mí, es mejor no preguntar. Si no sabe nada, nada puede declarar, y así no puede ocurrir ningún problema. Pero son hombres que harán un trabajo impecable.

—¡Y justo a tiempo! —exclamó Ted Baldwin—. La gente se está descontrolando en estas zonas. Solamente la semana pasada, tres de nuestros hombres fueron rechazados por el capataz Blaker. Hace tiempo que se la está buscando, y ahora lo recibirá de lleno.

—¿Recibirá qué? —McMurdo le susurró a su vecino.

—¡La punta de un cartucho de perdigones! —exclamó el hombre con una gran risa—. ¿Qué piensa de nuestros métodos, hermano?

El alma criminal de McMurdo parecía haber absorbido ya el espíritu de la ruin organización de la que ahora era miembro.

—Me gustan mucho —dijo—. Es un lugar apropiado para un tipo de buen temple.

Varios de los hombres que estaban sentados a su alrededor escucharon sus palabras y las aplaudieron.

—¿Qué ocurre ahí? —exclamó el maestro del cuerpo de la melena negra desde la otra punta de la mesa.

—Es nuestro nuevo hermano, señor, que le gustan nuestros métodos.

McMurdo se puso de pie por un instante.

—Excelentísimo maestro, si se necesita otro hombre, para mí sería un honor que me eligieran para ayudar a la logia.

Hubo grandes aplausos. Los presentes sintieron que un nuevo sol se asomaba por el horizonte. A algunos de los mayores les pareció que avanzaba demasiado deprisa.

—Yo propongo —dijo el secretario, Harraway, un hombre mayor de barba gris y rostro de buitre, sentado junto al presidente de la organización— que el hermano McMurdo aguarde hasta que sea la voluntad de la logia emplearlo.

—Claro, eso es lo que quise decir. Estoy a su disposición —dijo McMurdo.

—Ya tendrá su oportunidad, hermano —dijo el presidente—. Sabemos que usted es un hombre dispuesto y creemos que hará un buen trabajo en estas tierras. Si lo desea, puede participar en un pequeño asunto esta noche.

—Esperaré a algo que valga la pena.

—De cualquier manera, puede acompañarnos esta noche y le servirá para darse cuenta de qué representamos en esta comunidad. Lo anunciaré más tarde. Mientras tanto —miró la agenda—, tengo una o dos cosas más de las que quiero hablar en esta asamblea. En primer lugar, le preguntaré al tesorero por el estado de nuestro saldo bancario. Está también el tema de la pensión para la viuda de Jim Carnaway. Lo mataron realizando un trabajo para la logia y es nuestro deber asegurarnos de que ella no salga perdiendo.

—A Jim le dispararon el mes pasado cuando intentaron matar a Chester Wilcox de Marley Creek —le explicó a McMurdo su vecino.

—Por el momento estamos bien de fondos —dijo el tesorero con la libreta del banco delante de él—. Las empresas han sido generosas últimamente. Max Linder & Co. pagó quinientos para que nadie los molestara. Walker Brothers envió cien, pero yo mismo se los devolví y pedí quinientos. Si no tengo noticias para el miércoles, quizá su máquina de extracción empiece a tener problemas. El año pasado tuvimos que quemar su trituradora para que entraran en razón. La West Section Coaling Company ha pagado su contribución anual. Tenemos suficiente a mano para cualquier eventualidad.

—¿Qué hay acerca de Archie Swindon? —preguntó un hermano.

—Vendió todas sus acciones y abandonó el distrito. Ese viejo diablo nos dejó una nota diciendo que prefería ser un barrendero libre en Nueva York que un propietario de minas dominado por un grupo de chantajistas. ¡Por Dios, tuvo suerte de escapar antes de que nos llegara la nota! Supongo que no volverá a mostrar su rostro por este valle.

Un hombre anciano bien afeitado, de rostro bondadoso y frente amplia, se levantó en el extremo de la mesa que estaba frente al presidente.

—Señor tesorero —preguntó—, ¿puedo preguntar quién compró las propiedades de este hombre al que hemos echado del distrito?

—Sí, hermano Morris. Fueron adquiridas por la State & Merton County Railroad Company.

—¿Y quién compró las minas de Todman y de Lee que se pusieron a la venta por la misma razón?

—La misma compañía, hermano Morris.

—¿Y las fundiciones de hierro de Manson, Shuman, Van Deher y de Artwood, que han sido traspasadas últimamente?

—Todas fueron adquiridas por West Gilmerton General Mining Company.

—No veo, hermano Morris —dijo el presidente—, que nos interese un comino quién las compró, dado que no las pueden sacar del distrito.

—Con todo respeto, excelentísimo maestro, creo que debería importarnos mucho. Hace diez largos años que sucede esto. Poco a poco estamos ahuyentando del negocio a todos los pequeños empresarios. ¿Cuál es el resultado? En su lugar aparecen grandes compañías como Railroad o General Iron, cuyos directores viven en Nueva York o Filadelfia y no les interesan nuestras amenazas. Podemos tomar represalias contra los jefes que viven aquí, pero eso solo significa que enviarán a otros para reemplazarlos. Y nos ponemos nosotros mismos en peligro. Los pequeños empresarios no pueden hacernos daño porque no tienen ni el poder ni el dinero necesarios. Mientras no les quitáramos todo, permanecían bajo nuestro poder. Pero si estas grandes compañías descubren que nos interponemos entre ellos y las ganancias, no escatimarán esfuerzos ni dinero para cazarnos y llevarnos ante la justicia.

Hubo silencio ante aquellas palabras ominosas, y cada rostro se oscureció mientras los reunidos intercambiaban miradas sombrías. Habían reinado sin que nadie los desafiase y con un poder tan absoluto que la mera posibilidad de que un justo castigo acechara en la oscuridad había sido borrada de sus mentes. Y, sin embargo, la idea hizo estremecer hasta a los más temerarios.

—Mi consejo es —continuó el orador— exigirles menos a los pequeños empresarios. El día en que los hayamos echado a todos, desaparecerá el poder de nuestra sociedad.

Las verdades no bienvenidas no son populares. Hubo gritos iracundos cuando el orador volvió a ocupar su sitio. McGinty se incorporó con rostro sombrío.

—Hermano Morris —dijo—, usted siempre ha sido un alarmista. Mientras los miembros de esta logia nos mantengamos unidos, no existe ningún poder en los Estados Unidos que pueda vencernos. ¿Acaso no lo hemos comprobado muchas veces en los tribunales de justicia? Para las grandes compañías será más fácil pagar que pelear, lo mismo que las pequeñas. Y ahora, hermanos —McGinty se quitó el gorro negro de terciopelo y la estola mientras hablaba—, esta logia ha concluido sus asuntos por esta tarde, excepto por un pequeño tema que mencionaré cuando estemos a punto de irnos. Ha llegado la hora del descanso fraternal y la armonía.

La naturaleza humana es ciertamente extraña. Ahí estaban esos hombres para quienes el asesinato era algo común, que una y otra vez habían matado a padres de familia, hombres contra los que no tenían nada, sin ningún remordimiento ni compasión por el llanto de la esposa o los hijos indefensos, y, sin embargo, la música delicada o patética podía hacerlos llorar. McMurdo tenía una fina voz de tenor y, si anteriormente hubiese fracasado en ganarse la buena voluntad de la logia, la organización no habría podido mantener esa postura después de que los emocionara con «I'm Sitting on the Stile, Mary» y «On the Banks of Allan Water».

En su primera noche, el nuevo recluta se había convertido en el miembro más popular de toda la hermandad, dando señales de que ascendería a un puesto alto. Sin embargo, eran necesarias otras cualidades, además del buen compañerismo, para ser un Hombre Libre digno, y le dieron un buen ejemplo de ellas antes de que terminara la velada. La botella de whisky había pasado varias veces por todas las manos y los hombres estaban tranquilos y preparados para alguna maldad cuando su maestro del cuerpo se incorporó nuevamente para hablarles.

—Muchachos —dijo—, hay un hombre en este pueblo que merece una paliza, y ustedes deben asegurarse de que la reciba. Hablo de James Stanger, del *Herald*. ¿Han visto cómo nos ha vuelto a difamar?

Hubo un murmullo de asentimiento acompañado por numerosas maldiciones masculladas entre dientes. McGinty sacó un pedazo de papel del bolsillo de su chaleco.

—«¡LEY Y ORDEN!», así lo ha titulado.

REINO DE TERROR EN EL DISTRITO DEL CARBÓN Y EL HIERRO

Ya han pasado doce años desde los primeros asesinatos que revelaron la existencia, en medio de nosotros, de una organización criminal. Desde entonces, los ultrajes no han cesado y han llegado a un nivel tal que nos han convertido en el oprobio del mundo civilizado. ¿Es para esto para lo que nuestro gran país recibe en su seno al extranjero que huye del despotismo europeo? ¿Acaso van a convertirse en tiranos de los mismos hombres que los han acogido? ¿Debería establecerse bajo la sombra de los sagrados pliegues de nuestra Bandera de la Libertad un estado de terror sin leyes, un estado que llenaría nuestras mentes de horror si leyéramos de su existencia bajo la más decadente monarquía del Este? Los hombres son conocidos. La organización es obvia y pública. ¿Por cuánto tiempo hemos de soportarla? Podemos vivir para siempre...»

—Sí, ¡ya he leído demasiado de esta porquería! —gritó el presidente mientras arrojaba el papel sobre la mesa—. Eso es lo que dice de nosotros. La pregunta que les hago ahora es: ¿qué deberíamos hacer con él?

—¡Matarlo! —gritaron una docena de feroces voces.

—Me opongo a eso —dijo el hermano Morris, el hombre de la frente lisa y el rostro afeitado—. Les advierto, hermanos, que nuestra mano pesa demasiado en este valle y que llegará un día en que todos los hombres, en defensa propia, se unirán para aplastarnos. James Stanger es un anciano. Es respetado en el municipio y en el distrito. Su periódico representa los valores de nuestro valle. Su muerte provocará una agitación que atravesará este estado y acarreará nuestra destrucción.

—¿Y cómo llevarían a cabo nuestra destrucción, señor cobarde? —exclamó McGinty—. ¿Lo hará la policía? ¡Seguro, la mitad está sobornada y la otra nos teme! ¿O lo harán los tribunales de justicia y los jueces? ¿No lo han intentado ya, y cuál ha sido el resultado?

—Hay un tal juez Lynch que se haría cargo del caso —dijo el hermano Morris.

Un grito de ira generalizado respondió a sus palabras.

—Con solo levantar un dedo —profirió McGinty—, puedo inundar este pueblo con doscientos hombres que lo limpiarían de lado a lado —luego, de repente, levantó la voz y frunció terriblemente sus enormes cejas negras—. ¡Escuche, hermano Morris, lo estoy vigilando, y lo he estado vigilando durante algún tiempo! No tiene nada de coraje e intenta quitárselo a los demás. Será un día negro para usted, hermano Morris, cuando su nombre aparezca en nuestra agenda, y estoy pensando que ahí es donde debería ponerlo.

Morris palideció mortalmente y sus piernas parecían no poder sostenerlo mientras se dejaba caer en su silla. Alzó el vaso y bebió antes de contestar.

—Le pido disculpas, excelentísimo maestro, a usted y a todos los miembros de esta logia si he dicho más de lo que debía. Soy un miembro leal, todos lo saben, y es el temor a que algo malo caiga sobre la logia lo que me empuja a hablar con palabras ansiosas. Sin embargo, confío más en su juicio que en el mío, excelentísimo maestro, y juro que no volveré a ofender.

El entrecejo del maestro del cuerpo se relajó al escuchar aquellas palabras humildes.

—Muy bien, hermano Morris. Yo me sentiría apenado si tuviese que darle una lección, pero, mientras ocupe esta silla, seremos una logia unida en palabras y en obras. Y ahora, muchachos —continuó, mirando a la compañía—, solo diré esto: si Stanger recibe lo que se merece, habrá más problemas de los que creemos. Estos editores siempre se mantienen unidos, y todos los periódicos del país llamarían a gritos a la policía y al ejército. Pero supongo que podemos darle una severa advertencia. ¿Quiere ocuparse de ello, hermano Baldwin?

—¡Por supuesto! —dijo el joven con entusiasmo.

—¿Cuántos hombres necesitará?

—Media docena y dos para vigilar la puerta. Usted, Gower, y Mansel, Scanlan y los dos Willaby.

—Le prometí al hermano nuevo que iría —dijo el presidente.

Ted Baldwin miró a McMurdo con ojos que mostraban que no había ni olvidado ni perdonado.

—Bueno, puede venir si quiere —dijo con mal humor—. Con eso es suficiente. Cuanto antes lo hagamos, mejor.

La compañía se separó con gritos, alaridos y fragmentos de canciones de borrachos. El bar continuaba lleno de juerguistas, y muchos de los hermanos se quedaron allí. La pequeña banda a la que se había asignado el trabajo salió a la calle, caminando por la acera en grupitos de dos o tres para no llamar la atención. Era una noche muy fría, con una media luna brillando en el cielo gélido y estrellado. Los hombres se detuvieron y se juntaron en un jardín enfrente de un edificio alto. Impreso en letras doradas entre las ventanas bien iluminadas, se leía «Vermissa Herald». Desde el interior del edificio llegaba el traqueteo de la imprenta.

—Venga —le dijo Baldwin a McMurdo—. Quédese abajo en la puerta para verificar que el camino permanece expedito. Arthur Willaby puede quedarse con usted. Los demás, vengan conmigo. No teman, muchachos, porque tenemos una docena de testigos que afirman que en este mismo momento estamos en el Union Bar.

Era casi medianoche y la calle estaba vacía, salvo por uno o dos juerguistas que se dirigían a sus casas. El grupo cruzó la calle y, abriendo a empujones la puerta de la oficina, Baldwin y sus hombres corrieron dentro y subieron la escalera que estaba ante ellos. McMurdo y el otro se quedaron abajo. Del cuarto superior les llegó un grito, una petición de ayuda y luego el sonido de muchos pasos y de sillas que se caían. Un instante después, un hombre canoso apareció en el descansillo de la escalera.

Lo agarraron antes de que pudiera avanzar y sus anteojos tintinearon hasta los pies de McMurdo. Se escuchó un golpe seco y un gemido. Estaba boca abajo en el suelo y media docena de palos resonaban al unísono mientras caían sobre él. Se retorcía y sus delgados miembros temblaban con los golpes. Por fin cesaron los demás, pero Baldwin, su rostro cruel cubierto por una sonrisa infernal, continuó apaleando la cabeza del hombre, que en vano intentaba protegerse con los brazos. Su pelo gris estaba salpicado de sangre. Baldwin seguía agachado sobre su víctima, descargando un golpe repentino y violento siempre que veía expuesta una parte de la cabeza, cuando McMurdo corrió por las escaleras y lo empujó hacia atrás.

—Lo matará —dijo—. ¡Suelte el palo!

Baldwin lo miró asombrado.

—¡Maldito sea! —gritó—. ¿Quién es para interferir usted que es nuevo en la logia? ¡Retroceda! —Baldwin levantó el palo, pero McMurdo sacó la pistola del bolsillo de su cadera.

—¡Retroceda usted! —gritó—. Le volaré la cara en mil pedazos si me toca. En cuanto a la logia, ¿no fue la orden del maestro del cuerpo que no matara a este hombre? ¿Y qué está haciendo sino matarlo?

—Es verdad lo que dice —comentó uno de los hombres.

—¡Maldición! Debemos apresurarnos —gritó el hombre que había permanecido abajo—. Hay luces en todas las ventanas y en menos de cinco minutos tendremos a todo el municipio aquí dentro.

Ciertamente se oían gritos en la calle y en el pasillo de la planta baja se estaba reuniendo un pequeño grupo de cajistas y tipógrafos, preparados para la acción. Los criminales dejaron el cuerpo inmóvil e inconsciente del editor sobre el descansillo de la escalera, bajaron corriendo y avanzaron velozmente por la calle. Al llegar a la Union House, algunos se mezclaron con la muchedumbre en la taberna de McGinty, susurrándole al jefe por encima del mostrador que el trabajo había sido un éxito. Otros, McMurdo entre ellos, enfilaron las callejuelas laterales y se dirigieron a sus casas por caminos tortuosos.

El valle del miedo

Cuando McMurdo se despertó a la mañana siguiente, tenía buenas razones para recordar su iniciación en la logia. Le dolía la cabeza a causa del alcohol, y su brazo, donde había sido marcado, estaba caliente e hinchado. Como tenía su propia y peculiar fuente de ingresos, faltaba cuando quería a su trabajo. Por lo tanto, desayunó tarde y se quedó toda la mañana en su habitación escribiendo una larga carta a un amigo. Luego, leyó el *Daily Herald*. En una columna especial agregada en el último momento leyó:

BARBARIE EN LA OFICINA DEL *HERALD:*
EDITOR GRAVEMENTE HERIDO

Era un breve relato de los hechos con los que él estaba mucho más familiarizado de lo que jamás podría estarlo el escritor. Terminaba con la siguiente declaración:

El asunto está ahora en manos de la policía, pero apenas cabe esperar que sus esfuerzos obtengan mejores resultados que en el pasado. Algunos de los hombres fueron reconocidos y hay esperanzas de que se produzca alguna condena. El origen del ultraje, no hace falta decirlo, es esa sociedad infame que ha esclavizado a esta comunidad durante tanto tiempo y contra la cual el *Herald* ha adoptado una posición tan inflexible. Los numerosos amigos del Sr. Stanger se alegrarán de saber que, aunque fue cruel y brutalmente golpeado y sufrió heridas graves en la cabeza, su vida no corre ningún peligro inmediato.

Debajo, afirmaba que se había solicitado una guardia de la Policía del Hierro y del Carbón, armada con rifles Winchester, para defender la oficina.

McMurdo había dejado el periódico y estaba encendiendo su pipa con manos temblorosas después de los excesos de la noche anterior, cuando escuchó un golpe en la puerta y su casera le llevó una nota que acababa de entregarle un muchacho. No estaba firmada y decía:

Deseo hablar con usted, pero prefiero no hacerlo en su casa. Me encontrará junto al mástil de la bandera en Miller Hill. Si viene ahora mismo, tengo algo que es importante que usted escuche y que yo diga.

McMurdo leyó la nota dos veces con gran sorpresa, ya que no podía imaginar qué significaba o quién era el autor de la misma. Si hubiese sido una letra femenina, habría pensado que era el comienzo de una de esas aventuras que le habían sido familiares en su vida pasada. Pero era la escritura de un hombre, y de uno bien educado. Finalmente, después de cierto titubeo, decidió ir.

Miller Hill era un parque público mal mantenido en el centro del pueblo. En verano era el lugar favorito de la gente, pero durante los inviernos permanecía bastante desolado. Desde la cima no solo se podía ver todo el pueblo mugriento y desordenado, sino también el lejano valle, salpicado de minas y fábricas que ensuciaban la nieve a su alrededor, así como las montañas que lo flanqueaban, cubiertas de nieve y de bosques.

McMurdo caminó lentamente por el sendero zigzagueante cercado de árboles y arbustos hasta llegar al restaurante abandonado que constituía el centro de todo el jolgorio veraniego. A su lado había un mástil desnudo y, debajo de él, un hombre con su sombrero bien puesto y el cuello del abrigo levantado. Cuando volvió la cabeza, McMurdo vio que era el hermano Morris, aquel que había hecho enojar la noche anterior al maestro del cuerpo. Se intercambiaron la señal de la logia mientras se saludaban.

—Quería hablar con usted, Sr. McMurdo —dijo, con un titubeo que mostraba que caminaba por un suelo traicionero—. Ha sido muy amable al venir.

—¿Por qué no firmó la nota con su nombre?

—Hay que ser cuidadoso, señor. En estos tiempos uno nunca sabe cómo se pueden volver las cosas en su contra. Nunca se sabe en quién confiar y en quién no.

—Sin duda, podemos confiar en los miembros de la logia.

—No, no; no siempre —exclamó Morris con vehemencia—. Todo lo que decimos, y hasta lo que pensamos, parece llegar a oídos de ese hombre, McGinty.

—Escúcheme —dijo McMurdo con firmeza—. Anoche mismo, como usted bien sabe, juré lealtad a nuestro maestro del cuerpo. ¿Me está pidiendo que quebrante mi juramento?

—Si esa es su postura —dijo Morris con tristeza—, solo puedo decirle que lamento haberlo molestado haciéndole venir a verme aquí. Algo malo ocurre cuando dos ciudadanos libres no pueden decirse lo que piensan.

McMurdo, que había estado observando fijamente a su compañero, relajó un poco su postura.

—Ciertamente solo hablaba por mí —dijo—. Soy un recién llegado, como usted sabe, y todo esto me resulta ajeno. No soy de los que abren la boca, Sr. Morris, y si quiere decirme algo, estoy dispuesto a escucharlo.

—¡Y a contárselo todo al jefe McGinty! —dijo con amargura Morris.

—Ahora es usted injusto conmigo —exclamó McMurdo—. Yo soy leal a la logia, y se lo digo sin rodeos, pero sería una persona despreciable si repitiese lo que me dice en confidencia. No diré nada, pero debo advertirle que quizá no reciba ni ayuda ni compasión de mi parte.

—Ya he dejado de buscar la una o la otra —dijo Morris—. Puedo estar poniendo mi vida en sus manos por lo que diré, pero, aunque usted sea malo, y anoche me pareció que tiene todas las papeletas para convertirse en el peor, todavía es nuevo en todo esto y su conciencia no puede estar tan endurecida como la de ellos. Por esta razón quiero hablar con usted.

—Bueno, ¿qué tiene que decir?

—¡Si me delata, que Dios lo maldiga!

—Dije que no lo haría.

—Entonces, quiero preguntarle algo: cuando usted ingresó en los Hombres Libres de Chicago y juró votos de caridad y fidelidad, ¿pensó alguna vez que podría conducirlo al crimen?

—Si usted lo llama crimen —contestó McMurdo.

—¡Llamarlo crimen! —exclamó Morris, con la voz vibrante de pasión—. Habrá visto muy poco si puede llamarlo de otra manera. ¿Hubo un crimen anoche cuando un hombre con edad suficiente para ser su padre fue golpeado hasta que la sangre manchó su cabello blanco? ¿Fue eso un crimen o cómo lo llamaría usted?

—Algunos dirían que es guerra —dijo McMurdo—. Una guerra total entre dos clases, donde cada uno atacó con lo mejor que tenía.

—Bueno, ¿pensó en algo parecido cuando ingresó en la Sociedad de Hombres Libres de Chicago?

—No, debo decir que no lo pensé.

—Ni tampoco yo cuando me uní en Filadelfia. Allí es solo un club de beneficencia y un lugar de reunión para amigos. Luego oí hablar de este lugar (¡maldita sea la hora en que ese nombre llegó a mis oídos!) y vine para prosperar. ¡Por Dios, para prosperar! Mi esposa y mis tres hijos vinieron conmigo y puse una tienda en Market Square. Me fue muy bien. Descubrieron que era un Hombre Libre y me obligaron a afiliarme a la logia local, de la misma forma en que lo hizo usted anoche. Llevo la insignia de la vergüenza en mi antebrazo, y algo mucho peor marcado en mi corazón. Me encontré a las órdenes de un canalla y atrapado en una red criminal. ¿Qué podía hacer? Cada palabra que pronunciaba para intentar mejorar las cosas era tomada como una traición, lo mismo que anoche. No puedo escapar porque lo único que tengo en el mundo es mi tienda. Si dejo la sociedad, sé muy bien que me acarrearía la muerte, y solo Dios sabe qué le pasaría a mi esposa y a mis hijos. ¡Es horrible, horrible!

Se cubrió el rostro con las manos y su cuerpo se sacudió con sollozos convulsivos.

McMurdo se encogió de hombros.

—Es demasiado blando para el trabajo —dijo—. No es el hombre adecuado para este tipo de trabajo.

—Yo tenía una conciencia y una religión, pero me convirtieron en un criminal. Me eligieron para un trabajo y sabía muy bien lo que me esperaba si me negaba. Quizá sea un cobarde, quizá sea mi preocupación por mi pobre esposa y mis hijos lo que me hace serlo. De cualquier manera, fui. Creo que eso me perseguirá para siempre.

»Era una casa solitaria, a veinte millas de aquí, del otro lado de esas montañas. Me ordenaron que vigilara la puerta, como usted anoche. No confiaban en mí para realizar el trabajo. Los demás entraron. Cuando salieron, sus manos estaban manchadas de carmesí hasta las muñecas. Mientras nos íbamos, un niño gritaba en la casa detrás de nosotros. Era un niño de cinco años de edad que había visto a su padre asesinado. Casi me desmayé por lo horrible de la situación, pero tuve que mantener una expresión descarada y sonriente, pues bien sabía que, si no lo hacía, la próxima casa de la que saldrían con manos ensangrentadas sería la mía, y sería mi pequeño Fred el que gritara por su padre.

»Pero ya era un criminal, cómplice de un asesinato, separado para siempre de este mundo y perdido también en el futuro. Soy un buen católico, pero el cura dejó de dirigirme la palabra cuando escuchó que yo era un Scowrer, y fui excomulgado. Esta es mi situación. Y veo que usted sigue el mismo camino y le pregunto dónde terminará. ¿Está preparado para ser un asesino a sangre fría como ellos o podemos hacer algo para evitarlo?

—¿Qué haría usted? —preguntó McMurdo bruscamente—. ¿Acaso nos delataría?

—¡Que Dios lo prohíba! —exclamó Morris—. Sin duda, el solo pensarlo me costaría la vida.

—Me parece bien —dijo McMurdo—. Pienso que usted es un hombre débil y que exagera todo este asunto.

—¡Exagerar! Viva aquí más tiempo y verá. ¡Mire el valle! ¿Ve la nube de cien chimeneas que lo oscurece todo? Le digo que la nube de los asesinatos pende más gruesa y baja sobre la cabeza de la gente. Es el valle del miedo, el valle de la muerte. El terror habita el corazón de las personas desde el anochecer hasta la salida del sol. Espere un poco, muchacho, y usted mismo lo entenderá.

—Bueno, le diré lo que pienso cuando haya visto más —dijo McMurdo con indiferencia—. Lo que está muy claro es que no es un hombre apropiado para este lugar y, cuanto antes liquide todo (aunque solo reciba diez centavos por cada dólar que vale su negocio) mejor será para usted. No repetiré nada de lo que me ha dicho, pero, ¡por Dios, pensé que era un delator...!

—¡No, no! —exclamó Morris lastimosamente.

—Bueno, no diga nada más. Tendré en cuenta lo que me ha dicho, y quizá algún día acepte su consejo. Supongo que, al hablarme así, su intención era ayudarme. Ahora, vuelvo a casa.

—Una última palabra antes de que se vaya —dijo Morris—. Quizá nos hayan visto juntos y quieran saber de qué hemos estado hablando.

—Ah, bien pensado.

—Le ofrecí un puesto en mi tienda.

—Y yo lo rechacé. Ese fue el tema de nuestra conversación. Bueno, hasta luego, hermano Morris. Ojalá las cosas cambien para bien en el futuro.

Esa misma tarde, mientras McMurdo fumaba en una silla junto a la estufa de la sala de estar, perdido en sus pensamientos, la puerta se abrió de golpe y el umbral quedó oculto tras la enorme figura del jefe McGinty. Hizo la seña y luego, sentándose frente al joven, lo miró fijamente por un tiempo, una mirada a la que le respondió otra igual de firme.

—No suelo hacer visitas, hermano McMurdo —dijo al cabo de un tiempo—. Supongo que estoy demasiado ocupado con la gente que me visita. Pero pensé hacer una excepción para venir a verlo a su propia casa.

—Me enorgullece verlo aquí, concejal —contestó McMurdo con entusiasmo, mientras sacaba una botella de whisky de la alacena—. Es un honor que no esperaba.

—¿Cómo está el brazo? —preguntó el jefe. McMurdo torció un poco el gesto.

—Bueno, no puedo olvidarlo —dijo—, pero valió la pena.

—Sí, vale la pena —contestó el otro—, para aquellos que son leales y lo soportan y son de utilidad para la logia. ¿De qué hablaba con el hermano Morris esta mañana en Miller Hill?

La pregunta fue tan repentina que agradeció haber preparado una respuesta. Prorrumpió en grandes carcajadas.

—Morris no sabe que me gano el pan en mi casa. Tampoco lo sabrá, ya que tiene demasiada conciencia para mi gusto. Pero es un sujeto de buen corazón. Pensó que andaba un poco perdido y que me haría un gran favor si me ofrecía un puesto en su tienda.

—Ah, ¿eso fue todo?

—Sí, eso fue todo.

—¿Y usted no aceptó?

—Obviamente. ¿Acaso no gano diez veces más en mi propia habitación trabajando solo cuatro horas?

—Así es, pero yo no andaría mucho con Morris.

—¿Por qué no?

—Bueno, supongo que porque yo se lo digo. Con eso le basta a la mayoría por aquí.

—Podrá ser suficiente para la mayoría, pero no para mí, concejal —dijo McMurdo con audacia—. Si usted sabe juzgar a los hombres, debería saberlo.

El gigante moreno lo miró con rabia y su manaza peluda se cerró por un instante alrededor del vaso como si quisiera arrojárselo a la cabeza a su compañero. Luego se rio a su manera fuerte, bulliciosa y nada sincera.

—Usted sí que es una persona rara —dijo—. Bueno, si quiere razones, se las daré. ¿Morris habló mal de la logia?

—No.

—¿Ni de mí?

—No.

—Bueno, eso es porque no confía en usted. Pero, en esencia, no es un hermano leal. Lo sabemos bien y por eso lo vigilamos y aguardamos el momento justo para castigarlo. Me parece que el momento se está acercando. No hay lugar para ovejas negras en nuestro corral. Mas si se asocia con un hombre desleal, podríamos pensar que usted también es desleal, ¿entiende?

—No existe la menor posibilidad de que ande con él porque no me cae bien —contestó McMurdo—. Y en cuanto a ser desleal, ningún hombre excepto usted me diría dos veces esa palabra.

—Bueno, es suficiente —dijo McGinty mientras vaciaba su vaso—. Vine aquí para advertirle, y ya lo he hecho.

—Me gustaría saber —dijo McMurdo— cómo se ha enterado de que había hablado con Morris.

McGinty se rio.

—Es mi trabajo saber lo que ocurre en este pueblo —dijo—. Me parece que usted debería suponer que yo oigo todo lo que sucede aquí. Bueno, se acabó el tiempo, y solo diré...

Pero su saludo fue interrumpido de un modo totalmente inesperado. Con un repentino estrépito, la puerta se abrió violentamente, y tres rostros serios y resueltos los observaron con rabia desde debajo de sus gorros de policía. McMurdo se incorporó de un salto y sacó a medias su revólver, pero su brazo se detuvo a mitad de camino al ver que dos rifles Winchester apuntaban a su cabeza. Un hombre uniformado entró en el cuarto, con un revólver de seis tiros en la mano. Era el capitán Marvin, de Chicago en tiempos y ahora de la Comisaría del Carbón y el Hierro. Sacudió la cabeza con una media sonrisa dirigida a McMurdo.

—Sabía que se metería en problemas, Sr. Ladrón McMurdo de Chicago —dijo—. No puede evitarlo, ¿no es así? Vaya a por su sombrero y acompáñenos.

—Creo que pagará por esto, capitán Marvin —dijo McGinty—. ¿Quién es usted, me gustaría saber, para entrar a la fuerza en una casa y molestar a dos hombres honrados y respetuosos con la ley?

—Usted nada tiene que ver con esto, concejal McGinty —dijo el capitán de policía—. No lo buscamos a usted sino a este hombre, McMurdo. Su obligación es ayudarnos, no obstaculizar el cumplimiento de nuestro deber.

ALMA CLÁSICOS ILUSTRADOS

JOHANNA SPYRI

HEIDI

978-84-17430-10-8

RELATOS DE VAMPIROS

978-84-18008-94-8

JONATHAN SWIFT

LOS VIAJES DE GULLIVER

978-84-18008-95-5

EL CORAZÓN DE LAS TINIEBLAS

JOSEPH CONRAD

978-84-18395-13-0

ANA DE TEJAS VERDES

L. M. MONTGOMERY

978-84-18395-62-8

EL JUGADOR

FIODOR DOSTOYEVSKI

978-84-18395-12-3

H.P. LOVECRAFT

CICLO ONÍRICO DE RANDOLPH CARTER

978-84-18395-37-6

EL VALLE DEL MIEDO

ARTHUR CONAN DOYLE

978-84-18395-32-1

ILÍADA

HOMERO

978-84-18008-96-2

WILKIE COLLINS

LA MUJER DE BLANCO

978-84-18395-14-7

GRANDES ESPERANZAS

Charles Dickens

978-84-18008-09-2

F. SCOTT FITZGERALD

EL GRAN GATSBY

978-84-18395-18-5

ANTOLOGÍA DE RELATOS ROMÁNTICOS

AFASHIONADOS

978-84-17430-95-5

MANSFIELD PARK

Jane Austen

978-84-18008-13-9

CARLO COLLODI

PINO CHO

978-84-18395-15-4

ANTOLOGÍA DE CUENTOS CORTOS

978-84-18008-07-8

—Es mi amigo, y yo responderé por sus actos —dijo el jefe.

—Como usted quiera, Sr. McGinty. Uno de estos días deberá responder por sus propios actos —contestó el capitán—. Este hombre, McMurdo, era un ladrón mucho antes de venir aquí y todavía lo es. Apúntenlo, guardias, mientras lo desarmo.

—Aquí está mi pistola —dijo McMurdo tranquilamente—. Me parece, capitán Marvin, que si usted y yo estuviésemos solos cara a cara, no me apresaría tan fácilmente.

—¿Dónde está la orden de arresto? —preguntó McGinty—. ¡Por Dios! Da lo mismo vivir en Rusia que en Vermissa cuando sujetos como usted están al frente de la policía. Es un atropello capitalista y le juro que volverá a oír hablar de esto.

—Usted cumpla con lo que cree que son sus obligaciones de la mejor manera posible, concejal. Nosotros nos preocuparemos de las nuestras.

—¿De qué se me acusa? —preguntó McMurdo.

—De haber participado en la paliza al viejo editor Stanger en la oficina del *Herald*. No fue gracias a usted que no estemos hablando de un cargo por homicidio.

—Bueno, si eso es todo lo que tienen contra él —exclamó McGinty con una risa—, puede ahorrarse muchos problemas si lo suelta ahora mismo. Anoche, hasta las doce, este hombre estuvo jugando al póquer conmigo en mi taberna, y puedo reunir una docena de testigos para demostrarlo.

—Eso es asunto suyo, y supongo que puede resolverlo mañana en el tribunal. Mientras tanto, vamos, McMurdo, y tranquilo, si no quiere que la culata de un rifle le cruce la cabeza. ¡Usted aléjese, Sr. McGinty; le advierto que no tolero ninguna oposición cuando estoy trabajando!

El capitán parecía tan decidido que McMurdo y su jefe se vieron forzados a aceptar la situación. McGinty logró susurrarle algunas palabras al prisionero antes de que se lo llevaran.

—¿Qué hacemos con...? —señaló con el pulgar hacia arriba refiriéndose a la fábrica de acuñar moneda.

—No se preocupe —le susurró McMurdo, que había ideado un escondite seguro bajo el suelo.

—Adiós —dijo el jefe, dándole la mano—. Iré a ver a Reilly, nuestro abogado, y yo mismo me ocuparé de su defensa. Créame cuando le aseguro que no podrán retenerlo.

—Yo no apostaría por ello. Ustedes dos, vigilen al prisionero y dispárenle si intenta algo raro. Registraré esta casa antes de irme.

Marvin lo hizo, pero aparentemente no halló rastros de la fábrica oculta. Cuando bajó las escaleras, él y sus hombres escoltaron a McMurdo a la comisaría. Ya había oscurecido y una fuerte ventisca barría las calles casi desiertas. No obstante, algunos holgazanes siguieron al grupo y, alentados por la invisibilidad, increpaban a gritos al prisionero.

—¡Linchen al maldito Scowrer! —aullaban—. ¡Línchenlo!

Se reían y se burlaban mientras lo empujaban al interior de la comisaría. Después de un breve y convencional interrogatorio llevado a cabo por el inspector jefe, lo encerraron en la celda común. Allí se encontró con Baldwin y otros tres criminales de la noche anterior. Todos habían sido arrestados esa misma tarde y aguardaban el juicio del día siguiente.

Pero el largo brazo de los Hombres Libres era capaz de penetrar incluso aquella fortaleza interior de la ley. Bien entrada la noche, se acercó un carcelero con un montón de paja que serviría de cama, del cual extrajo dos botellas de whisky, algunos vasos y una baraja. Pasaron una noche divertida, sin ansiedad alguna por calvario que les esperaba por la mañana.

Tampoco tenían motivos para preocuparse, como demostrarían los resultados. Con las pruebas existentes, el magistrado no pudo llevar el asunto ante un tribunal superior. Los cajistas y los periodistas fueron forzados a admitir que la luz era incierta, que ellos mismos estaban muy perturbados y que era difícil jurar sobre la identidad de los asaltantes, aunque creían que los acusados estaban entre ellos. Después del contrainterrogatorio del astuto abogado contratado por McGinty, fueron aún más confusos en sus declaraciones.

El herido había afirmado bajo juramento que la velocidad del ataque lo había sorprendido tanto que no podía decir nada más allá del hecho de que el primer hombre que le había golpeado tenía bigote. Añadió que sabía que habían sido Scowrers, pues nadie más en la comunidad podía odiarlo tanto y porque hacía tiempo que recibía amenazas por sus claras acusaciones. Por otro lado, los testimonios combinados y sin vacilaciones de seis ciudadanos, incluido el del oficial municipal de alto rango, el concejal McGinty, demostraron que los hombres en cuestión habían estado jugando a las cartas en la Casa de la Unión hasta mucho después de ocurrido aquel atropello.

No es necesario decir que el tribunal los dejó en libertad con algo muy parecido a una disculpa por las molestias causadas, junto con una censura implícita al capitán Marvin y a la policía por su celo profesional.

El veredicto fue acogido con grandes aplausos por un tribunal en el que McMurdo distinguió muchos rostros conocidos. Hermanos de la logia sonreían y lo saludaban, pero había otros que permanecieron sentados con los labios apretados y ojos meditabundos mientras salían en fila del banquillo de los acusados. Uno de ellos, un sujeto pequeño y decidido de barba negra, puso voz a sus pensamientos y los de sus compañeros cuando los prisioneros pasaron ante él.

—¡Malditos asesinos! —dijo—. ¡Ya los atraparemos!

La hora más sombría

Si se hubiese necesitado algo para incrementar la popularidad que Jack McMurdo disfrutaba entre sus compañeros, ese algo habría sido su arresto y absolución. Que un hombre, en la misma noche en la que se había afiliado a la logia, hubiese hecho algo que lo llevara ante el magistrado era un nuevo récord en los anales de la sociedad. Ya se había ganado la reputación de ser un gran compañero, un juerguista alegre y, además, un hombre de temperamento fuerte que no toleraría un insulto ni de su todopoderoso jefe. Pero, además de todo eso, había impresionado a sus compañeros con la idea de que, entre todos ellos, no había uno cuyo cerebro fuese tan rápido para idear un ardid sanguinario, ni una mano más capaz de llevarlo a cabo.

—Se convertirá en el muchacho encargado de los trabajos impecables —decían los ancianos entre sí, y aguardaban el momento apropiado para ponerlo a trabajar.

McGinty ya tenía suficientes instrumentos, pero sabía que este era uno extremadamente hábil. Se veía como un hombre que retenía a un sabueso salvaje por la correa. Tenía perros callejeros para los trabajos insignificantes, pero algún día soltaría a esa criatura sobre su presa. Unos pocos miembros de la logia, Ted Baldwin entre ellos, estaban resentidos por el rápido ascenso del extraño y lo odiaban por ello, por lo cual, se mantenían alejados de él, pues era tan capaz de pelear como de reír.

Pero si se ganaba el favor de sus compañeros, había otro sector, uno que se había vuelto muy vital para él, en donde lo perdía. El padre de Ettie Shafter no quería saber nada más de él, y no lo dejaba entrar en su casa. La misma Ettie estaba demasiada enamorada como para abandonarlo del todo y, sin embargo, su sentido común le advertía de los peligros que acarrearía casarse con un hombre considerado un criminal.

Una mañana, después de una noche sin sueño, decidió ir a verlo, quizá por última vez, y hacer un gran esfuerzo por alejarlo de esas malévolas influencias que lo absorbían. Fue a su casa, como muchas veces él le había rogado que hiciera, y se dirigió a la habitación que utilizaba como sala de estar. Él se hallaba sentado a la mesa con la espalda hacia la puerta y una carta delante. Súbitamente la dominó un repentino espíritu de travesura femenina (acababa de cumplir diecinueve años). Él no la había oído abrir la puerta. Entonces, se acercó de puntillas y apoyó suavemente la mano sobre sus hombros encorvados.

Si su intención era darle un sobresalto, sin duda lo logró, pero solo a cambio de ser ella misma la asustada. Con un salto de tigre, se volvió hacia ella y con la mano derecha buscó su garganta. Al mismo tiempo, con la izquierda estrujó la carta que tenía ante él. Por un instante se quedó mirándola con rabia. Luego, el asombro y la alegría sustituyeron a la ferocidad que había convulsionado su rostro, una ferocidad que la había hecho retroceder horrorizada como si estuviera ante algo que nunca se había entrometido en su mansa vida.

—¡Eres tú! —dijo mientras se limpiaba la frente—. ¡Y pensar que has venido a mí, corazón de mi corazón, y a mí no se me ha ocurrido mejor manera de recibirte que queriendo estrangularte! Ven, querida —y extendió los brazos—. Déjame arreglarlo todo.

Pero ella todavía no se había recobrado del repentino destello de miedo culpable que había leído en el rostro del hombre. Todos sus instintos de mujer le decían que no era el simple susto de un hombre sobresaltado. ¡Culpa, eso era, culpa y miedo!

—¿Qué te ha pasado, Jack? —exclamó—. ¿Por qué te has asustado tanto de mí? ¡Oh Jack, si tuvieses la conciencia tranquila no me habrías mirado de esa manera!

—Claro, estaba pensando en otras cosas y, cuando te acercaste a mí, sin hacer ruido, sobre esos pies de hada...

—No, no, era algo más, Jack —la azotó una repentina sospecha—. Déjame ver esa carta que estabas escribiendo.

—Ah, Ettie, no puedo hacer eso.

Sus sospechas se convirtieron en certezas.

—Es para otra mujer —gritó—. ¡Lo sé! ¿Por qué otra razón me la esconderías? ¿Le escribías a tu esposa? ¿Cómo puedo saber que no eres un hombre casado, tú, un extranjero que nadie conoce?

—No estoy casado, Ettie. ¡Te lo juro! Eres la única mujer en la tierra para mí. ¡Lo juro por la cruz de Cristo!

Estaba tan pálido de sinceridad apasionada que ella no pudo más que creerle.

—Entonces, ¿por qué no quieres mostrarme la carta? —inquirió.

—Te lo diré, *acushla* —dijo él—. Un juramento me impide mostrarla y, de la misma manera que jamás te traicionaría a ti, debo mantener la promesa que les hice a estas personas. Son asuntos de la logia, y hasta para ti son secretos. Y si me asusté cuando sentí una mano sobre mí, ¿no puedes entender que podría haber sido la mano de un detective?

Ella sintió que decía la verdad. Él la rodeó con sus brazos y con besos borró sus miedos y dudas.

—Siéntate a mi lado, entonces. Es un trono extraño para semejante reina, pero es lo mejor que tiene tu pobre enamorado. No obstante, este trono podrá tratarte mejor alguno de estos días. Ahora estás tranquila de nuevo, ¿no?

—¿Cómo puedo estar sosegada, Jack, cuando sé que eres un criminal rodeado de criminales, cuando temo que algún día te juzguen por asesinato? «McMurdo el Scowrer», así te llamó uno de nuestros huéspedes ayer. Me atravesó el corazón como un cuchillo.

—Palabras duras no rompen huesos.

—Pero eran ciertas.

—Bueno, querida, no es tan malo como parece. Somos hombres pobres que intentamos, con métodos propios, recuperar nuestros derechos.

Ettie rodeó el cuello de su amante con los brazos

—¡Abandona la logia, Jack! ¡Por el amor de Dios, abandónala! He venido aquí hoy para pedirte eso. Mira Jack, ¡te lo suplico de rodillas! ¡De rodillas ante ti, te imploro que la abandones!

La levantó y tranquilizó apoyando su cabeza contra su pecho.

—Sin duda, querida, no sabes lo que me estás pidiendo. ¿Cómo podría irme cuando significaría quebrantar mi juramento y abandonar a mis camaradas? Si entendieses mi situación, jamás me lo pedirías. Además, en el caso de que quisiera, ¿cómo lo haría? ¿No supondrás que la logia dejará libre a un hombre que conoce todos sus secretos?

—Ya he pensado en eso, Jack. Ya lo he planeado todo. Mi padre tiene dinero ahorrado y está cansado de este lugar, donde el miedo a estas personas oscurece nuestras vidas. Está listo para marcharse. Podríamos huir juntos a Filadelfia o a Nueva York, donde estaríamos a salvo.

McMurdo se rio.

—La logia tiene un brazo muy largo. ¿Crees que no puede llegar desde aquí a Filadelfia o Nueva York?

—Bueno, entonces, podríamos irnos al oeste o a Inglaterra, o Alemania, donde nació papá, ¡a cualquier lugar con tal de dejar este valle del miedo!

McMurdo recordó al viejo hermano Morris.

—Ya es la segunda vez que escucho ese nombre —dijo—. En efecto, la sombra parece pender pesadamente sobre algunos de vosotros.

—Oscurece cada instante de nuestras vidas. ¿Acaso crees que Ted Baldwin nos ha perdonado? Si no fuera porque te teme, ¿cuáles supones que serían nuestras posibilidades? ¡Si vieras la mirada que aparece en esos ojos negros y hambrientos cuando caen sobre mí!

—¡Por Dios! ¡Le enseñaré mejores modales si lo descubro mirándote así! Pero escúchame, pequeña, no puedo irme. No puedo. Entiéndelo de una vez por todas. Pero si tienes paciencia, intentaré hallar alguna forma de abandonar honorablemente la logia.

—No hay honor posible en ella.

—Bueno, bueno, es tu opinión. Pero si me das seis meses, buscaré una forma de irme sin avergonzarme de mirar a los otros a la cara.

La muchacha rio de alegría

—¡Seis meses! —exclamó—. ¿Me lo prometes?

—Bueno, quizá sean siete u ocho, pero en un año, como máximo, nos marcharemos de este valle.

Era todo lo que Ettie pudo conseguir y, sin embargo, era algo. Ahora tenía esa lejana luz que iluminaría la penumbra del futuro inmediato. Regresó a la casa de su padre más despreocupada de lo que había estado desde que Jack McMurdo irrumpiera en su vida.

Podría imaginarse que a él, como miembro, le informarían de todas las actividades de la sociedad, pero pronto descubriría que la organización era más grande y compleja que la simple logia. Incluso el jefe McGinty no sabía muchas cosas, pues había un funcionario llamado «delegado del condado» que vivía en Hobson's Patch, más abajo en la línea ferroviaria, y que tenía sobre varias logias distintas un poder que ejercía repentina y arbitrariamente. McMurdo solo lo vio una vez: un hombre pequeño, astuto y canoso parecido a una rata, con un andar escurridizo y una mirada de soslayo cargada de malicia. Su nombre era Evans Pott, e incluso el gran jefe de Vermissa sentía hacia él algo de la repugnancia y el temor que el gigante Danton debió de sentir hacia el insignificante pero peligroso Robespierre.

Un día, Scanlan, que era el compañero de vivienda de McMurdo, recibió una nota de McGinty adjunta a una carta de Evans Pott que le informaba de que mandaría a dos hombres de fiar, Lawler y Andrews, con instrucciones para actuar en el pueblo, aunque era mejor para sus fines que no se dieran detalles sobre los objetivos. ¿Se encargaría el maestro del cuerpo de hacer los arreglos necesarios para su hospedaje y comodidad hasta que llegara el momento adecuado para actuar? McGinty agregaba que era imposible mantener en secreto a una persona en la Casa de la Unión y que, por lo tanto, estaría agradecido si McMurdo y Scanlan pudieran acoger a los desconocidos durante unos días en su pensión.

Esa misma tarde, llegaron los dos hombres, cada uno con su bolsa de viaje. Lawler era un hombre mayor, astuto, silencioso y reservado. Vestía una vieja levita negra que, con su sombrero flexible de fieltro y su barba raída y canosa, le daba el aire general de un predicador itinerante. Su compañero, Andrews, era poco más que un niño, de semblante honesto y alegre, con la actitud despreocupada de alguien que está de vacaciones y pretende disfrutar cada minuto de ellas. Ambos eran totalmente abstemios y se comportaban en todo sentido como miembros ejemplares de la sociedad, con la única y sencilla excepción de que eran asesinos, y que muchas veces habían demostrado ser instrumentos muy capaces para matar. Lawler ya había llevado a cabo catorce encargos de ese tipo y Andrews, tres.

Estaban, como descubrió McMurdo, más que dispuestos a hablar sobre sus proezas pasadas, las cuales narraban con un orgullo teñido de timidez, propio de hombres que han realizado un buen y desinteresado servicio a la comunidad. Eran reticentes, sin embargo, a conversar sobre el encargo inmediato que tenían en mano.

—Nos eligieron porque ni el niño, aquí presente, ni yo bebemos —explicó Sawyer—. Pueden confiar en que nosotros no diremos más de lo que deberíamos. No lo tome como algo extraño. Nosotros obedecemos las órdenes del delegado del condado.

—Cierto, estamos todos metidos en esto —dijo Scanlan, el compañero de McMurdo, cuando los cuatro se sentaron a cenar.

—Eso es cierto, y podemos hablar sin parar del asesinato de Charlie Williams o de Simon Bird, o de cualquier otro trabajo pasado, pero hasta que este trabajo no esté terminado, no diremos nada.

—Hay media docena de sujetos por aquí a los que me gustaría decirles un par de cosas —dijo McMurdo, maldiciendo—. Supongo que no persiguen a Jack Knox de Ironhill. Haría cualquier cosa por darle su merecido.

—No, todavía no es él.

—¿Herman Strauss?

—No, él tampoco.

—Bueno, si no nos lo dicen, nosotros no podemos obligarlos, pero me gustaría saber.

Lawler sonrió y negó con la cabeza. No iba a ceder.

A pesar de la reserva de sus invitados, Scanlan y McMurdo estaban determinados a asistir a lo que ellos llamaban «la diversión». Por lo tanto, cuando, muy temprano una mañana, McMurdo los oyó bajando despacio por las escaleras, despertó a Scanlan y ambos se pusieron la ropa rápidamente. Cuando terminaron de vestirse, los otros ya habían abandonado furtivamente la casa, y habían dejado la puerta abierta tras ellos. Aún no había amanecido por lo que, gracias a la luz de las lámparas, pudieron ver a los dos hombres caminando por la calle a cierta distancia. Los siguieron con cuidado, pisoteando silenciosamente la profunda nieve.

La pensión quedaba cerca del límite del pueblo y pronto llegaron al cruce de calles que estaba más allá de la frontera. Allí esperaban tres hombres con los que Lawler y Andrews conversaron breve y nerviosamente. Luego, todos siguieron el camino juntos. Sin duda, se trataba de algún encargo importante que requería de cierto número de participantes. En ese punto, había varios senderos que conducían a distintas minas. Los desconocidos siguieron el que llevaba a Crow Hill, un negocio enorme, perteneciente a poderosas manos, que había sido capaz, gracias a su enérgico e intrépido administrador de Nueva Inglaterra, Josiah H. Dunn, de mantener cierto orden y disciplina durante el largo reinado del terror.

Amanecía ya, y una fila de obreros avanzaba con lentitud, individualmente o en pequeños grupos, a lo largo del sendero oscuro. McMurdo y Scanlan se unieron a los trabajadores sin perder de vista a los hombres que seguían. Los cubría una gruesa niebla y, desde el corazón de la misma, escucharon el repentino grito de un silbato de vapor. Era la señal de que faltaban diez minutos para que descendieran las jaulas y comenzara el trabajo del día.

Cuando llegaron al espacio abierto alrededor del pozo de la mina, había cien mineros aguardando, pateando el suelo y soplándose los dedos, pues hacía mucho frío. Los desconocidos se reunieron en un pequeño grupo bajo la sombra de la sala de máquinas. Scanlan y McMurdo treparon una pila de basura desde donde podían observar toda la escena. Vieron al ingeniero de minas, un gran escocés barbado llamado Menzies, salir de la sala de máquinas y hacer sonar el silbato para que bajaran las jaulas.

Ese mismo instante, un joven alto y holgado de rostro serio y bien afeitado avanzó nervioso hacia el pozo. Mientras caminaba, sus ojos divisaron el grupo, silencioso e inmóvil, debajo de la sala de máquinas. Los hombres se habían acomodado el sombrero y habían levantado el cuello de los abrigos para ocultar sus rostros. Por un instante, el presentimiento de la muerte colocó su mano fría alrededor del corazón del gerente. Un segundo después, lo desechó y vio solo su deber ante intrusos desconocidos.

—¿Quiénes son ustedes? —preguntó mientras se acercaba a ellos—. ¿Por qué holgazanean aquí?

No hubo respuesta, pero el joven Andrews dio un paso hacia delante y le disparó en el estómago. Los cien mineros que aguardaban permanecieron inmóviles e indefensos: como si estuvieran paralizados. El gerente se llevó las dos manos a la herida y se dobló hacia delante. Luego se alejó a trompicones, pero otro de los asesinos le disparó de nuevo, y cayó de costado, pateando y arañando entre la escoria. Menzies, el escocés, rugió de ira ante ese espectáculo y se abalanzó sobre los asesinos con una llave inglesa de hierro, pero fue recibido con dos balas en el rostro que lo dejaron muerto a sus pies.

Algunos de los mineros dieron un paso hacia delante con un grito inarticulado de ira y compasión, pero dos de los desconocidos vaciaron sus revólveres de seis tiros sobre los cabecillas de la muchedumbre, que rompió filas y se dispersó, algunos corriendo de vuelta a sus casas en Vermissa.

Cuando algunos de los más valientes se reunieron y regresaron a la mina, la banda de asesinos había desaparecido en la niebla de la mañana sin que ningún testigo pudiese jurar sobre la identidad de esos hombres que, delante de cientos de espectadores, habían llevado a cabo ese doble crimen.

Scanlan y McMurdo iniciaron el camino de regreso, Scanlan un poco subyugado, pues era el primer encargo de asesinato que había visto con sus propios ojos y le parecía menos divertido de lo que le habían dicho. Los gritos horribles de la esposa del gerente los perseguían mientras se apresuraban por llegar al pueblo. McMurdo estaba absorto y silencioso, pero no mostró ninguna compasión por la debilidad de su compañero.

—Claro, es como la guerra —repitió—. Solo es una guerra entre ellos y nosotros, y contraatacamos donde mejor podemos.

Esa misma noche hubo una gran fiesta en la sala de la logia en la Casa de la Unión, no solo para celebrar el asesinato del gerente y del ingeniero de la mina de Crow Hill, que amansaría tanto a la organización como a las otras compañías aterrorizadas y chantajeadas del distrito, sino también para celebrar un lejano triunfo que había sido conseguido por la misma logia.

Parece que cuando el delegado del condado envió a cinco hombres de fiar para asestar el golpe en Vermissa, había exigido que, a cambio, tres hombres de Vermissa fuesen elegidos secretamente y enviados para matar a William Hales de Stake Royal, uno de los propietarios de minas más conocidos y populares del distrito de Gilmerton, un hombre que, supuestamente, no tenía un solo enemigo en todo el mundo porque era, en todos los sentidos, un patrono modelo. Había exigido, no obstante, eficiencia en el trabajo y, por lo tanto, había despedido a ciertos empleados borrachos y vagos que eran miembros de la sociedad omnipotente. Advertencias en forma de ataúdes colgados en su puerta no habían debilitado su resolución y así, en un país libre y civilizado, se vio a sí mismo condenado a muerte.

La ejecución había sido llevada a cabo con corrección. Ted Baldwin, que ahora se hallaba tirado en el asiento de honor a la derecha del maestro del cuerpo, había liderado la partida. Su rojo rostro vidrioso y sus ojos inyectados de sangre hablaban de falta de sueño y de alcohol. Él y sus dos compañeros habían pasado la noche anterior en las montañas. Estaban sucios al haber sido golpeados por la intemperie. Pero ningún héroe, regresando de una aventura dada por perdida, podría haber tenido una bienvenida más calurosa por parte de sus camaradas.

La historia fue relatada una y otra vez entre gritos de alegría y explosiones de risa. Habían esperado a su víctima tomando posiciones en la cima de una colina empinada, mientras este cabalgaba a su casa al anochecer, donde su caballo debía avanzar lentamente. Vestía tantas pieles para resguardarse del frío que no pudo sacar su pistola. Lo habían tirado del caballo y lo habían disparado una y otra vez.

Nadie conocía al hombre, pero hay cierto drama eterno en un asesinato, y la partida les había mostrado a los Scowrers de Gilmerton que los hombres de Vermissa eran dignos de confianza. Solo había ocurrido un contratiempo, pues un hombre y su esposa habían pasado por allí cuando todavía vaciaban sus revólveres sobre el cuerpo silencioso. Uno sugirió matarlos, pero era gente inofensiva que no tenía ninguna relación con las minas, por lo que les pidieron firmemente que siguieran su camino y mantuvieran la boca cerrada para que no les sucediera nada peor. Y así, la figura empapada de sangre fue dejada como una advertencia para todos los patrones duros de corazón como él, y los tres vengadores nobles se habían apresurado hacia las montañas, donde la naturaleza intacta llega al borde mismo de los hornos y las pilas de escoria. Ahí estaban, sanos y seguros, con el trabajo bien hecho, y los aplausos de sus camaradas llenándoles los oídos.

Había sido un gran día para los Scowrers. La sombra oscurecía aun más el valle. Pero, al igual que el general sabio elige el momento de la victoria en el que redoblar sus esfuerzos para que sus enemigos no tengan tiempo de recomponerse después del desastre, así el jefe McGinty, al observar el escenario de sus operaciones con sus malévolos ojos meditabundos, había ideado un nuevo ataque contra aquellos que se oponían a él. Esa misma noche, cuando la compañía medio borracha se dispersaba, tomó a McMurdo del brazo y lo condujo al cuarto interior donde habían tenido la primera entrevista.

—Escuche, hijo mío —dijo—. Finalmente tengo un trabajo que vale la pena darle. Usted mismo deberá ocuparse de todo.

—Me enorgullece escucharlo —contestó McMurdo.

—Puede llevar dos hombres consigo, Manders y Reilly. Ya les he comunicado que les toca trabajar. Nunca estaremos tranquilos en este distrito hasta que Chester Wilcox haya sido eliminado, y usted tendrá el agradecimiento de todas las logias de los campos carboníferos si logra matarlo.

—Sin duda, haré lo mejor. ¿Quién es y dónde puedo encontrarlo?

McGinty se quitó de la boca el eterno cigarro medio masticado y medio fumado, y comenzó a dibujar un burdo esquema en la hoja arrancada de su libro de notas.

—Es el principal capataz de la Iron Dike Company. Es un ciudadano arduo, un viejo sargento primero de la guerra, lleno de cicatrices y canas. Ya lo hemos intentado dos veces, pero sin suerte, y Jim Carnaway perdió su vida en uno de ellos. Ahora le toca a usted encargarse del asunto. Esa es la casa, se yergue solitaria en el cruce de calles de Iron Dike, como ve aquí en el mapa, y no hay ninguna otra cerca. Es inútil intentarlo de día. Está armado, y dispara velozmente y con mucha precisión: sin hacer preguntas. Pero de noche, bueno, allí está con su esposa, tres hijos y ayudantes contratados. No puede elegir: todos o ninguno. Si usted colocara una bolsa de explosivos en la puerta principal con una mecha lenta...

—¿Qué ha hecho este hombre?

—¿No le he dicho que mató a Jim Carnaway?

—¿Por qué le disparó?

—¿Qué demonios le importa eso? Carnaway merodeaba cerca de su casa de noche y le disparó. Es suficiente para usted y para mí. La venganza está en sus manos.

—Y esas dos mujeres y los niños, ¿ellos también morirán?

—Deben hacerlo, ¿de qué otra manera podemos agarrarlo?

—Parece injusto: ellos no han hecho nada malo.

—¿Qué estupideces estoy escuchando? ¿Rechaza la oportunidad?

—¡Tranquilo, concejal, tranquilo! ¿Alguna vez he hecho o dicho algo para hacerle pensar que me negaría a cumplir una orden del maestro del cuerpo de mi propia logia? Si es correcto o no, esa es su decisión.

—Entonces, ¿lo hará?

—Claro que lo haré.

—¿Cuándo?

—Bueno, lo mejor sería que me diera una o dos noches para observar la casa y hacer mis planes. Luego...

—Muy bien —dijo McGinty mientras le daba la mano—. Dejo todo en sus manos. Será un gran día cuando nos traiga las noticias. Es el último golpe que pondrá a todos de rodillas. McMurdo meditó larga y profundamente sobre el encargo que tan repentinamente habían puesto en sus manos. La casa aislada en la que vivía Chester Wilcox estaba a unas cinco millas en un valle adyacente. Esa misma noche se puso en marcha, solo, para preparar el atentado. Era de día cuando regresó de su reconocimiento del terreno. Al día siguiente, entrevistó a sus dos subordinados, Manders y Reilly, dos jóvenes temerarios que estaban tan exaltados como si fuesen a cazar ciervos.

Dos noches más tarde, se juntaron fuera del pueblo, los tres armados, y uno de ellos cargando una bolsa llena con la pólvora que utilizaban en las canteras. Llegaron a la solitaria casa a las dos de la mañana. La noche era ventosa, con nubes rotas que cruzaban velozmente la luna en tres cuartos. Les habían advertido de la presencia de sabuesos, por lo que avanzaron con cautela, las pistolas amartilladas en las manos. Pero no había otro sonido que el aullido del viento y ningún movimiento salvo las ramas que oscilaban sobre sus cabezas

McMurdo se acercó a la puerta de la casa solitaria para escuchar, pero todo estaba en silencio. Luego, apoyó la bolsa repleta de pólvora contra ella, hizo un agujero en la misma con su cuchillo y colocó la mecha. Cuando estuvo bien prendida, sus compañeros y él se alejaron corriendo. Se hallaban a cierta distancia, seguros y cómodos en una zanja protectora, cuando el rugido de la explosión, con el retumbar bajo y profundo de un edificio que se derrumba, les avisó de que el trabajo estaba realizado. Nunca se había hecho un trabajo tan impecable en los anales sangrientos de la sociedad.

Pero ¡qué lástima que ese encargo tan bien organizado y llevado a cabo con tanta osadía fuese todo para nada! Advertido por el destino de varias víctimas, y sabiendo que lo habían señalado para la destrucción, el día anterior Chester Wilcox se había mudado con su familia a una vivienda más segura y menos conocida, donde una guardia policial podía custodiarla. La pólvora había derrumbado una casa vacía y el viejo e implacable sargento de colores de la guerra continuaba impartiendo disciplina a los mineros de Iron Dike.

—Déjenmelo a mí —dijo McMurdo—. Es mi hombre y lo agarraré, aunque tenga que esperar un año.

Toda la logia juró un voto de agradecimiento y confianza y así, por el momento, el asunto quedó zanjado. Cuando unas semanas después, los periódicos informaron de que a Wilcox le habían disparado en una emboscada, fue un secreto a voces que McMurdo había seguido trabajando en el encargo que había dejado sin terminar.

Tales eran los métodos de la Sociedad de los Hombres Libres, y tales las proezas de los Scowrers, con las que extendían su reino de miedo sobre el gran distrito rico por el que tanto tiempo llevaba rondado su terrible presencia. ¿Por qué deberían ensuciarse estas páginas con más crímenes? ¿Acaso no he dicho lo suficiente sobre estos hombres y sus métodos?

Estos hechos son históricos y existen registros donde uno puede leer los detalles de cada uno de ellos. Ahí, uno puede enterarse del asesinato del policía Hunt y Evans porque se habían atrevido a arrestar a dos miembros de la sociedad, un doble atropello planeado en la logia de Vermissa y perpetrado, a sangre fría, contra dos hombres desarmados e indefensos. Ahí también uno puede leer sobre el asesinato de la Sra. Larbey cuando cuidaba a su marido, que había sido golpeado casi hasta la muerte por órdenes del jefe McGinty. El asesinato del mayor de los Jenkins, seguido rápidamente por el de su hermano, la mutilación de James Murdoch, la explosión en la casa de la familia Staphouse y el asesinato de los Stendal se sucedieron a lo largo de ese mismo invierno terrible.

La sombra pendía oscuramente sobre el valle del miedo. La primavera llegó con sus arroyos que fluían y sus árboles en flor. Había esperanzas para la naturaleza durante tanto tiempo cautiva en una garra de hierro, pero en ningún lugar había esperanzas para los hombres y las mujeres que vivían bajo el yugo del terror. Nunca antes la nube que se cernía sobre ellos había sido tan negra y tan desalentadora como a comienzos del verano del año 1875.

Peligro

ra la cima del reinado del terror. McMurdo, que ya ocupaba la posición de diácono interior, con buenas expectativas de algún día suceder a McGinty como maestro del cuerpo, era ahora tan necesario en las reuniones de sus compañeros que nada se hacía sin su ayuda y consejos. Sin embargo, cuanto más popular se volvía entre los Hombres Libres, más negros eran los ceños que lo saludaban mientras caminaba por las calles de Vermissa. A pesar del miedo, los ciudadanos poco a poco se iban animando a organizarse en pequeños grupos para enfrentarse a sus opositores. Ciertos rumores de encuentros clandestinos en la oficina del *Herald* y de la distribución de armas de fuego entre la gente respetuosa de la ley habían llegado a la logia. Sin embargo, a McGinty y a sus hombres no les preocupaban tales informes. Ellos eran numerosos, resueltos y estaban bien armados. Sus oponentes estaban dispersos e indefensos. Todo acabaría, como había ocurrido en el pasado, en charlas para nada y, probablemente, en arrestos inútiles. Así pensaban McGinty, McMurdo y los espíritus más temerarios.

Era un sábado por la tarde en mayo. El sábado era siempre la noche de la logia, y McMurdo salía de su casa para ir a ella, cuando Morris, el hermano más débil de la orden, fue a verlo. Su frente se veía arrugada por la preocupación y su rostro amable estaba demacrado y macilento.

—¿Puedo hablarle con libertad, Sr. McMurdo?

—Claro.

—No he olvidado que una vez le hablé desde el corazón y que usted se guardó todo, incluso cuando el jefe fue a preguntarle sobre lo que habíamos conversado.

—¿Qué otra cosa podía hacer, si usted confió en mí? Tampoco significaba que estuviera de acuerdo con lo que me decía.

—Lo sé bien, pero usted es la única persona con la que puedo hablar y estar a salvo. Llevo un secreto aquí —apoyó la mano sobre el pecho— y me está consumiendo la vida. Ojalá le hubiese llegado a cualquiera menos a mí. Si lo divulgo, sin duda significará un asesinato. Si no lo divulgo, podría acarrear el fin de todos nosotros. ¡Dios me ayude, pero me está volviendo totalmente loco!

McMurdo miró al hombre con seriedad. Todos sus miembros temblaban. Sirvió un poco de whisky en una copa y se la dio.

—Así son las personas como usted —dijo—. Ahora, cuénteme todo.

Morris tomó un trago y su rostro blanco adquirió algo de color.

—Se lo puedo decir todo con una frase —dijo—. Tenemos un detective que nos sigue el rastro.

McMurdo lo miró asombrado.

—¡Pero, hombre, está usted loco! —dijo—. ¿Acaso el lugar no está ya lleno de policías y detectives, y qué daño nos han hecho nunca?

—No, no, no es un hombre de este distrito. Como usted dice, a esos nosotros los conocemos y es poco lo que pueden hacer. Pero, ¿ha escuchado hablar de los de Pinkerton?

—He leído sobre algunos tipos que se llaman así.

—Bueno, le puedo asegurar que no es nada sencillo tenerlos sobre el rastro de uno. No es un mero asunto sin importancia para el Gobierno. Es una propuesta de negocio muy seria que busca resultados y continúa trabajando hasta que, de alguna manera u otra, los consigue. Si un hombre de Pinkerton está metido en nuestros asuntos, todos estamos muertos.

—Debemos matarlo.

—Ah, ¡es lo primero que se le ocurre! También pensarán lo mismo en la logia. ¿No le dije que todo acabaría en un asesinato?

—Claro, ¿qué es un asesinato? ¿Acaso no son lo bastante comunes en estas tierras?

—Sin duda que lo son, pero no es mi deseo señalar quién debe ser asesinado. Jamás volvería a descansar tranquilo. Pero son nuestras vidas las que están en juego. Por el amor de Dios, ¿qué debo hacer? —se balanceaba hacia delante y hacia atrás en la agonía de la indecisión.

Pero sus palabras habían afectado profundamente a McMurdo. Era fácil ver que compartía la opinión del otro sobre el peligro y la necesidad de afrontarlo. Agarró del hombro a Morris y lo sacudió, emocionado.

—Vamos, hombre —exclamó, y casi chilló las palabras en su excitación—, no logrará nada si se lamenta como una anciana esposa en un velatorio. Deme los hechos. ¿Quién es ese tipo? ¿Dónde está? ¿Cómo se enteró de su existencia? ¿Por qué ha venido a hablar conmigo?

—He venido a verle porque usted es el único que puede aconsejarme. Ya le he dicho que tenía una tienda en el este antes de venir aquí. Dejé buenos amigos atrás y uno de ellos trabaja en el servicio telegráfico. Esta es una carta que me mandó ayer. Es este fragmento en la parte superior de la hoja. Usted mismo puede leerlo.

Esto fue lo que leyó McMurdo:

> ¿Cómo están los Scowrers de esas tierras? Leemos mucho sobre ellos en los periódicos. Entre nosotros, espero tener noticias de usted dentro de poco. Cinco grandes corporaciones y dos compañías de ferrocarriles han tomado el asunto en sus manos con absoluta seriedad. Se lo han propuesto ¡y puede usted apostar a que lo conseguirán! Van a ponerse en serio a ello. Pinkerton ha tomado las riendas y su mejor hombre, Birdy Edwards, está actuando. El asunto debe ser detenido de inmediato.

—Ahora lea la postdata.

> Por supuesto, todo lo que le he dicho es lo que he escuchado en mi trabajo, así que no puede ir más lejos. Es una clave extraña la que se maneja aquí todos los días y es difícil encontrarle el sentido.

McMurdo se mantuvo en silencio durante un tiempo con la carta en sus manos relajadas. La niebla se había despejado por un momento y tenía el abismo ante él.

—¿Alguien más sabe todo esto? —preguntó.

—No se lo he dicho a nadie más.

—Pero este hombre, su amigo, ¿no tiene otra persona a la que le escribiría?

—Bueno, supongo que conoce a una o dos personas más.

—¿De la logia?

—Es probable.

—Le pregunto porque es probable que le haya dado una descripción de este tipo, Birdy Edwards. Con ella podríamos rastrearlo.

—Bueno, es posible, pero no creo que lo conozca. Solo me contó las noticias que escuchó en su lugar de trabajo. ¿Cómo podría conocer a este tipo de Pinkerton?

McMurdo se sobresaltó repentinamente.

—¡Por Dios! —exclamó—. Lo tengo. Qué tonto he sido al no darme cuenta de ello: ¡Dios! Pero tenemos suerte. Lo capturaremos antes de que pueda hacernos daño. Vea, Morris, ¿está dispuesto a dejar todo en mis manos?

—Por supuesto, con tal de que lo quite de las mías.

—Lo haré. Puede relajarse y dejar que yo me encargue de todo. Ni siquiera necesito mencionar su nombre. Yo me haré responsable de todo como si la carta me hubiese llegado a mí. ¿Eso le parecería bien?

—Es justo lo que pido.

—Entonces deje todo como está y mantenga la boca cerrada. Ahora iré a la logia y pronto haremos que el viejo Pinkerton se arrepienta de todo.

—No lo matará, ¿no?

—Cuanto menos sepa, amigo Morris, más tranquila estará su conciencia y dormirá mejor. No haga preguntas y deje que todo esto se arregle solo. Yo me ocupo de ello ahora.

Morris sacudió tristemente la cabeza mientras se iba.

—Siento que su sangre mancha mis manos —gimió.

—De cualquier manera, la defensa personal no es un asesinato —dijo McMurdo, sonriendo macabramente—. Es él o nosotros. Supongo que este hombre nos destruiría a todos si lo dejáramos libre mucho tiempo en el valle. Pero, hermano Morris, tendremos que elegirlo maestro del cuerpo pues, sin duda, usted ha salvado a la logia.

Y, sin embargo, estaba claro por sus actos que creía más seria esta intrusión de lo que mostraban sus palabras. Pudo haber sido su conciencia culpable, pudo haber sido la reputación de la organización Pinkerton, pudo haber sido el conocimiento de que las grandes corporaciones ricas se habían impuesto la tarea de barrer a los Scowrers pero, cualquiera que fuese la razón, sus actos fueron los de un hombre que se preparaba para lo peor. Destruyó todos los papeles que pudiesen incriminarlo antes de dejar su casa. Luego, dio un largo suspiro de satisfacción porque le parecía que ahora estaba seguro. Y aun así, el peligro debía seguir presionándolo pues, de camino hacia la logia, pasó por donde el viejo Shafter. La casa era territorio prohibido pero, cuando golpeó suavemente en la ventana, Ettie se asomó por ella. La danzante diablura irlandesa había desaparecido de los ojos de su amado. Leyó en su rostro serio el peligro que corría.

—¡Algo ha ocurrido! —exclamó—. ¡Oh, Jack, estás en peligro!

—No es tan malo, querida. Pero sería mejor que nos marcháramos antes de que empeore.

—¿Marcharnos?

—Un día te prometí que nos iríamos de aquí. Creo que el momento ha llegado. He recibido noticias esta noche, malas noticias, y presiento que se acerca un gran peligro.

—¿La policía?

—Bueno, uno de Pinkerton, pero seguramente no sabes qué es eso, *acushla,* ni qué puede significar para alguien como yo. Estoy demasiado metido en esto y quizá deba salir lo más rápidamente posible. Tú me dijiste que vendrías conmigo.

—¡Oh, Jack, sería tu salvación!

—Soy un hombre honesto en algunas cosas, Ettie. No lastimaría un pelo de tu hermosa cabeza por nada del mundo, ni tampoco te bajaría una pulgada del trono de oro sobre las nubes donde siempre te veo. ¿Confiarías en mí?

La joven colocó su mano en la de McMurdo sin decir una sola palabra.

—Bueno, entonces escucha lo que te digo y haz lo que te ordeno, pues es la única opción para nosotros. Van a suceder cosas en este valle. Lo siento en mis huesos. Muchos de nosotros tendremos que tener cuidado. Yo soy uno de ellos. ¡Si me voy, de noche o de día, tú debes venir conmigo!

—Te seguiría, Jack.

—No, no, deberás venir conmigo. Si cerraran este valle y yo no pudiera regresar jamás, ¿cómo podría dejarte aquí, si yo, quizá, esté escondido de la policía y no podría mandarte ningún mensaje? Debes venir conmigo. Conozco a una buena mujer en el lugar de donde vengo y allí te dejaría hasta que pudiésemos casarnos. ¿Vendrás?

—Sí, Jack, iré.

—Que Dios te bendiga por la confianza que tienes en mí. Sería un demonio del infierno si abusara de ella. Ahora, te aviso, Ettie, solo será una palabra dirigida a ti y, cuando te llegue, lo dejarás todo e irás directamente a la sala de espera de la estación de tren y te quedarás allí hasta que vaya a recogerte.

—De día o de noche, iré cuando me llames, Jack.

Un poco más tranquilo ahora que los preparativos para su fuga habían comenzado, McMurdo continuó su camino hacia la logia. Ya se había reunido y, solo tras complicadas señas y contraseñas, pudo pasar la guardia exterior e interior que la vigilaban estrechamente. Un zumbido de placer y de bienvenida lo envolvió mientras entraba. La gran habitación estaba llena y, a través del humo del tabaco, vio la enredada melena negra del maestro del cuerpo, los rasgos crueles y hostiles de Baldwin, el rostro de buitre de Harraway, el secretario, y una docena más de líderes de la logia. Se alegró de que todos estuviesen allí para escuchar sus noticias.

—¡En verdad nos alegra verlo, hermano! —exclamó el presidente—. Tenemos un asunto aquí que necesita el juicio de un Salomón para llegar a un acuerdo.

—Son Lander y Egan —explicó su vecino mientras se sentaba—. Ambos reclaman la recompensa que otorga la logia por haber matado al viejo Crabbe allá en Stylestown pero ¿cómo saber quién disparó la bala?

McMurdo se incorporó y levantó la mano. La expresión de su rostro atrajo la atención de la audiencia. Hubo un silencio mortal de expectación.

—Excelentísimo maestro —dijo con tono solemne—. ¡Reclamo urgencia!

—El hermano McMurdo reclama urgencia —dijo McGinty—. Es una reclamación que, según las reglas de esta logia, tiene prioridad sobre todo lo demás. Ahora, hermano, lo escuchamos.

McMurdo sacó la carta de su bolsillo.

—Excelentísimos maestro y hermanos —dijo—. Soy portador de malas noticias este día, pero es mejor que sean conocidas y discutidas a que un golpe caiga sobre nosotros por sorpresa y nos destruya a todos. Me ha llegado información de que las organizaciones más poderosas y ricas de este Estado se han unido para destruirnos y que, en este mismo momento, un detective de Pinkerton, un tal Birdy Edwards, está en este valle recolectando la evidencia que podría ajustar la soga alrededor del cuello de muchos de nosotros, y enviar a todos los hombres de esta habitación a la cárcel. Para discutir esta situación he hecho la reclamación de urgencia.

Un profundo silencio llenó la habitación. Fue roto por el presidente.

—¿Dónde están las pruebas de esto, hermano McMurdo? —preguntó.

—Están en esta carta que ha llegado a mis manos —contestó McMurdo. Leyó el mensaje en voz alta—. Por tema de honor, no puedo dar mayores detalles sobre la carta, ni entregársela a ustedes, pero les aseguro que no contiene nada más que pueda afectar los intereses de la logia. Les presento el caso exactamente como me ha llegado a mí.

—Déjeme decir, Sr. Presidente —dijo uno de los hermanos mayores—, que he oído hablar de Birdy Edwards y que tiene la reputación de ser el mejor hombre al servicio de Pinkerton.

—¿Alguien lo ha visto alguna vez? —preguntó McGinty.

—Sí —dijo McMurdo—. Yo sí.

Un murmullo de asombro atravesó la sala.

—Me parece que lo tenemos en la palma de nuestras manos —continuó el jefe con una sonrisa triunfal—. Si actuamos rápida y sabiamente, podemos terminar con esto ahora. Si tengo su confianza y su ayuda, es poco lo que debemos temer.

—De cualquier manera, ¿qué debemos temer? ¿Qué puede saber de nuestros asuntos?

—Podría decir eso si todos fueran tan leales como usted, concejal. Pero este hombre tiene todos los millones de los capitalistas de su lado. ¿Acaso cree que no hay hermanos débiles en nuestras logias que puedan ser comprados? Él descubrirá nuestros secretos: quizá ya los haya desentrañado. Solo hay una solución segura.

—Que nunca abandone el valle —dijo Baldwin.

McMurdo afirmó con la cabeza.

—Muy bien, hermano Baldwin —dijo—. Usted y yo hemos tenido nuestras diferencias, pero ha dicho lo correcto esta noche.

—¿Dónde está, entonces? ¿Cómo podemos identificarlo?

—Excelentísimo maestro —dijo McMurdo con seriedad—, le diría que este es un asunto demasiado vital como para que se discuta delante de toda la logia. Dios me perdone si dudo de alguno de los presentes, pero si un solo comentario llegara a oídos de ese hombre, perderíamos todas las posibilidades de agarrarlo. Le pediría a la logia que eligiera un comité de confianza. Usted, Sr. Presidente, si puedo hacer una sugerencia, y el hermano Baldwin, y cinco más. Entonces podré hablar sin reservas sobre lo que sé y sobre lo que aconsejaría hacer.

La sugerencia se llevó inmediatamente a la práctica y se eligió al comité. Además del presidente y de Baldwin, estaban el secretario con rostro de buitre, Harraway; el Tigre Cormac, el joven y brutal asesino; Carter, el tesorero, y los hermanos Willaby, hombres temerarios y desesperados que no se andarían con remilgos.

La habitual juerga de la logia fue breve y seria, pues sobre el espíritu de los hombres pesaba una nube y muchos, por primera vez, comenzaban a percibir la nube de la ley vengadora cruzando el cielo sereno bajo el cual habían vivido tanto tiempo. Los horrores que inspiraban en los demás eran una parte tan importante de su vida cotidiana que la idea de una retribución se había vuelto remota y, por eso, parecía más sorprendente ahora que se abalanzara sobre ellos. Se retiraron temprano y dejaron a sus líderes en el consejo.

—¡Bueno, McMurdo! —dijo McGinty cuando quedaron solos. Los siete hombres estaban congelados en sus asientos.

—Dije hace poco que conocía a Birdy Edwards —explicó McMurdo—. No necesito aclararles que no utiliza ese nombre aquí. Apostaría a que es un hombre valiente, pero no un loco. Se hace llamar Steve Wilson, y se aloja en Hobson's Patch.

—¿Cómo sabe usted eso?

—Porque una vez hablé con él. No le di mucha importancia en ese momento, y no habría vuelto a pensar en ello si no hubiese sido por esta carta, pero ahora estoy seguro de que es él. Me lo encontré en el tren cuando viajaba el miércoles, un encargo difícil, si alguna vez hubo alguno. Dijo que era periodista y le creí en ese momento. Quería saber todo sobre los Scowrers y lo que él llamaba «sus ultrajes» para un periódico neoyorquino. Me hizo todo tipo de preguntas para conseguir alguna información. Pueden apostar que no le dije nada. «Pagaría, y pagaría muy bien», me dijo, «si pudiese hallar algo que le gustara a mi editor». Dije lo que pensé que le gustaría escuchar y me dio un billete de veinte dólares por mi información. «Hay diez veces más para usted», me dijo, «si puede decirme todo lo que yo quiero».

—¿Qué le dijo, entonces?

—Cualquier cosa que pude inventar.

—¿Cómo sabe que no era en realidad un periodista?

—Les diré: se bajó conmigo en Hobson's Patch. Fui de casualidad a la oficina de telégrafos y lo vi salir de ella. «Vea esto», me dijo el operador después de que se hubo ido. «Creo que deberíamos cobrar doble tarifa por esto.» «Creo que debería hacerlo», le contesté. Había llenado el formulario con letras que bien podrían haber sido chino, por todo lo que pudimos descifrar. «Manda una hoja como esta todos los días», me dijo el empleado. «Sí», dije, «son artículos especiales para su periódico y teme que alguien le gane de antemano». Eso fue lo que pensó el operador y, en ese momento, lo que creí yo también, pero ahora es diferente.

—¡Por Dios! Creo que tiene razón —dijo McGinty—. ¿Pero qué piensa que debemos hacer con esto?

—¿Por qué no vamos allí ahora y lo matamos? —sugirió alguien.

—Sí, cuanto antes, mejor.

—Iría en este mismo instante si supiera dónde hallarlo —dijo McMurdo—. Vive en Hobson's Patch, pero no conozco la casa. No obstante, tengo un plan, si quieren mi consejo.

—Bueno, ¿cuál es?

—Iré mañana por la mañana a Patch. Lo rastrearé a través del operador. Supongo que él puede localizarlo. Luego, le diré que yo soy un hombre libre. Le ofreceré todos los secretos de la logia por un precio. Estoy seguro de que se creerá todo. Le diré que los papeles están en mi casa y que mi vida estaría en peligro si le permitiera venir cuando haya otra gente allá. Lo verá como de sentido común. Que venga a las diez de la noche y podrá verlo todo. Eso seguro que lo atraerá.

—¿Y?

—Ustedes mismos pueden planear el resto. La casa de la viuda de McNamara está apartada, y ella es leal como el acero y sorda como una tapia. Solo estamos Scanlan y yo en la casa. Si obtengo su promesa (y les avisará si la consigo), vengan ustedes siete a las nueve en punto. Lo haremos entrar y, si logra salir vivo, ¡entonces podrá hablar de la buena suerte de Birdy Edwards por el resto de sus días!

—Salvo que me equivoque, habrá una vacante en Pinkerton. Déjelo así, McMurdo. A las nueve estaremos con usted. Una vez que cierre la puerta tras él, podrá dejar en nuestras manos todo lo demás.

La captura de Birdy Edwards

C omo había dicho McMurdo, la casa donde vivía era solitaria y muy adecuada para el crimen que habían planeado. Estaba en el límite externo del pueblo y se erguía a cierta distancia de la calle. En cualquier otro caso, los conspiradores habrían convencido al hombre de que saliera, como habían hecho tantas veces, y habrían vaciado las pistolas sobre su cuerpo pero, en este caso, era importante averiguar cuánto sabía, cómo lo sabía y qué le había contado ya a sus jefes.

Era posible que ya fuese demasiado tarde y que el trabajo estuviese hecho. Si en verdad era así, por lo menos podían vengarse del hombre que lo había hecho. Pero tenían esperanzas de que nada de gran importancia hubiese llegado al conocimiento del detective o, de otra forma, pensaban, no se habría tomado el trabajo de escribir y enviar la información trivial que McMurdo decía haberle dado. De cualquier manera, todo esto lo sabrían por sus propios labios. Una vez en sus manos, hallarían una forma de hacerlo hablar. No sería la primera vez que trataban con un testigo no dispuesto a cooperar.

Como habían acordado, McMurdo fue a Hobson's Patch. La policía pareció interesarse especialmente por él esa mañana, y el capitán Marvin

—aquel que había hecho público el conocimiento mutuo en Chicago— se dirigió a él mientras esperaba en la estación. McMurdo se alejó y se negó a hablar con él. Esa misma tarde volvió de su misión y fue a ver a McGinty en la Casa de la Unión.

—Vendrá —dijo.

—¡Bien! —exclamó McGinty. El gigante vestía una camisa con cadenas y sellos que brillaban a través de su amplio chaleco, y un diamante que centelleaba por los lados de su barba erizada. La bebida y la política habían convertido al jefe en un hombre muy rico y poderoso. Por esa razón, la perspectiva de la prisión o la horca que la noche anterior había surgido ante él parecía mucho más terrible.

—¿Cree que sabe mucho? —preguntó con ansiedad.

McMurdo negó tristemente con la cabeza.

—Hace algún tiempo que está aquí, por lo menos seis semanas. Supongo que no vino a estas tierras por las vistas y, si ha estado trabajando entre nosotros todo este tiempo con el dinero de los ferrocarriles de su lado, supongo que consiguió algunos resultados y que los ha enviado a sus jefes.

—No hay un solo hombre débil en la logia —gritó McGinty—. Cada uno es leal como el acero. Pero, por Dios, está ese canalla de Morris. ¿Qué tal él? Si alguien nos delata, seguro que es él. Estoy pensando en mandar un par de muchachos esta tarde para que le den una paliza y para ver qué pueden averiguar.

—Bueno, no me parecería mal —contestó McMurdo—. Aunque no niego que Morris me cae bien y que lamentaría si lo golpearan. Me ha hablado un par de veces sobre asuntos de la logia y, aunque vea las cosas distintas a nosotros dos, nunca me pareció ser de los que nos delataría. De todas maneras, no es asunto mío interponerme entre él y usted.

—¡Me encargaré de ese viejo diablo! —dijo McGinty con una maldición—. Lo he estado observando todo este año.

—Bueno, usted sabe más sobre eso —contestó McMurdo—. Pero sea lo que sea lo que tiene planeado, quedará para mañana, porque debemos ser discretos hasta que arreglemos este asunto de Pinkerton. No podemos permitirnos el lujo de que la policía salga a husmear hoy.

—Tiene razón —dijo McGinty—. Además, nos enteraremos por boca del mismo Birdy Edwards dónde consiguió la información aunque tengamos que arrancarle el corazón. ¿Pareció sospechar alguna trampa?

McMurdo se rio.

—Supongo que le toqué su punto débil —dijo—. Si encuentra el rastro de los Scowrers, está preparado para seguirlo hasta el infierno. Me quedé con su dinero —McMurdo sonrió mientras sacaba el montón de billetes—, y tendré el doble cuando vea mis papeles.

—¿Qué papeles?

—Bueno, no hay papeles, pero le hablé sin parar de constituciones, libros de reglas y formularios de afiliación. Espera llegar al fondo de todo esto antes de irse.

—Bueno, sí que está cerca —dijo McGinty lúgubremente—. ¿Le preguntó por qué usted no le había llevado los papeles?

—¡Como si llevara ese tipo de papeles encima, yo, un sospechoso, y después de que el capitán Marvin intentara hablar conmigo hoy mismo en la estación!

—Ah, eso he oído —dijo McGinty—. Me parece que está usted recibiendo la peor parte de este asunto. Podríamos esconderlo en una mina abandonada después de que terminemos con él aunque, no importa cómo arreglemos las cosas, no podemos ocultar el hecho de que el hombre vive en Hobson's Patch y que usted ha ido allí hoy.

McMurdo se encogió de hombros.

—Si hacemos las cosas bien, jamás podrán probar el asesinato —dijo—. Nadie lo verá ir a mi casa por la noche y me aseguraré de que nadie lo vea irse. Ahora, escúcheme, concejal, le mostraré mi plan y le pediré que se lo pase a los demás. Todos vendrán a tiempo. Muy bien, él llega a las diez. Golpeará tres veces la puerta y yo se la abriré. Luego, me pondré detrás de él y la cerraré. Entonces, estará en nuestras manos.

—Todo parece sencillo y claro.

—Sí, pero debemos pensar en el siguiente paso. Es un blanco difícil. Está bien armado. Yo lo he engatusado bien, pero sin duda se mantendrá en alerta. Supongamos que lo llevo a una habitación donde hay siete hombres cuando él esperaba solo uno. Habrá un tiroteo y alguien saldrá herido.

—Así es.

—Y, además, el ruido atraerá a todos los malditos polis de la localidad.

—Supongo que tiene razón.

—Así lo haría yo: todos ustedes estarán en la habitación grande, esa que usted vio cuando vino a visitarme. Yo le abriré la puerta y lo conduciré hacia el vestíbulo, donde me esperará hasta que le traiga los papeles. Eso me dará la oportunidad de informarles a ustedes de cómo están las cosas. Luego regresaré con unos documentos falsos. Cuando los esté leyendo, me abalanzaré sobre él y le sujetaré el brazo con el que dispara. Me oirán gritar, y luego ustedes irrumpirán en la habitación lo más rápidamente posible porque es tan fuerte como yo, y quizá sea más de lo que yo pueda controlar. No obstante, estoy seguro que puedo sujetarlo hasta que lleguen ustedes.

—Es un buen plan —dijo McGinty—. La logia estará en deuda con usted después de esto. Me parece que, cuando yo deje la silla, sé el nombre de quien me sucederá.

—Concejal, apenas soy poco más que un recluta —dijo McMurdo, pero su rostro mostraba lo que en realidad pensaba del cumplido del gran hombre.

Cuando regresó a su casa, hizo sus propios preparativos para la sombría noche que lo esperaba. Primero limpió, aceitó y cargo su revólver Smith & Wesson. Luego inspeccionó la habitación donde atraparían al detective. Era un cuarto amplio, con una mesa larga en el centro y la gran estufa en un extremo. A cada lado había ventanas. No tenían persianas, solo delicadas cortinas que las cubrían. McMurdo las examinó detenidamente. Sin duda, debió parecerle que la habitación estaba muy expuesta por un asunto tan secreto. Sin embargo, la distancia que los separaba de la calle minimizaba los riesgos. Finalmente, discutió el asunto con su compañero de alojamiento. Scanlan, aunque era un Scowrer, era un hombre pequeño e inofensivo, demasiado débil para oponerse a la opinión de sus camaradas y, secretamente, se sentía horrorizado por los actos de sangre a los que a veces había sido forzado a asistir. McMurdo le contó rápidamente el plan.

—Y si yo fuese usted, Mike Scanlan, pasaría la noche fuera y me mantendría lejos de todo esto. Habrá un trabajo sangriento aquí antes del amanecer.

—Ciertamente, Mac —contestó Scanlan—, no es la voluntad sino el nervio lo que me falla. Cuando vi caer muerto al gerente Dunn en aquella mina, fue casi más de lo que podía soportar. No estoy hecho para estas cosas, como sí lo están usted y McGinty. Si la logia no piensa mal de mí, haré lo que usted me aconseja y lo dejaré solo esta noche.

Los hombres llegaron a la hora acordada. Eran, por fuera, respetables ciudadanos, bien vestidos y limpios, pero un juez de rostros habría leído en aquellas bocas firmes y ojos implacables que existían pocas esperanzas para Birdy Edwards. No había ningún hombre en esa habitación cuyas manos no se hubiesen manchado de rojo más de una docena de veces. Estaban tan endurecidos para el asesinato como el carnicero para la oveja.

En primer lugar, obviamente, tanto por su apariencia como por sus pecados, estaba el formidable jefe. Harraway, el secretario, era un hombre esbelto y amargo, con un cuello largo y flaco y miembros nerviosos y temblorosos; un hombre de fe incorruptible en lo que se refería a las finanzas de la orden, y sin ninguna noción de justicia u honradez para los demás. El tesorero, Carter, era un hombre de mediana edad con una expresión impasible, o mejor, malhumorada, y piel amarilla como un pergamino. Era un buen organizador y los detalles de casi todos los ultrajes habían surgido de su cerebro conspirador. Los dos Willaby eran hombres de acción, jóvenes altos y elásticos con rostros decididos, mientras que su compañero, Tigre Cormac, un joven robusto y oscuro, era temido incluso por sus mismos camaradas a causa de la ferocidad de su temperamento. Estos eran los hombres que se reunieron aquella noche bajo el techo de McMurdo para matar al detective de Pinkerton.

Su anfitrión había colocado whisky sobre la mesa y se habían apresurado a prepararse para el trabajo que les esperaba. Baldwin y Cormac ya estaban medio borrachos, y el licor había incrementado su ferocidad. Cormac apoyó por un instante sus manos sobre la estufa. Estaba encendida porque las noches eran frías.

—Es suficiente —dijo con una maldición.

—Sí —comentó Baldwin al entender el significado de las palabras de su compañero—. Si lo atamos a la estufa, podremos arrancarle la verdad.

—No se preocupen, le arrancaremos la verdad sí o sí —dijo McMurdo.

Este hombre tenía nervios de acero pues, aunque todo el peso del asunto caía sobre él, se comportaba con su habitual tranquilidad y despreocupación. Los otros lo notaron y aplaudieron.

—Es usted el hombre apropiado para manejarlo —aprobó el jefe—. No sospechará nada hasta que su mano esté alrededor de su garganta. Es una lástima que las ventanas no tengan persianas.

McMurdo se acercó a cada una y cerró las cortinas con mucho cuidado.

—Sin duda, ya nadie puede espiarnos. Es casi la hora.

—Quizá no venga. Quizá huela el peligro —dijo el secretario.

—No teman, vendrá —contestó McMurdo—. Está tan ansioso por venir como ustedes por capturarlo. ¡Escuchen!

Todos se inmovilizaron como figuras de cera, algunos con el vaso detenido a medio camino de sus labios. Habían sonado tres golpes en la puerta.

—¡Silencio! —McMurdo alzó su mano para indicar precaución.

Una mirada triunfal pasó por aquel círculo de rostros, y se llevaron las manos a las armas escondidas.

—¡Ni un ruido, por sus vidas! —susurró McMurdo mientras abandonaba la habitación, cerrando cuidadosamente la puerta.

Con el oído atento, los asesinos esperaron. Contaron los pasos que dio su camarada en el pasillo. Luego, lo escucharon abrir la puerta. Hubo algunas palabras de bienvenida. Entonces, distinguieron una extraña zancada y una voz desconocida. Un instante después sonó el golpe de la puerta y el ruido de la llave en el cerrojo. Su presa estaba segura dentro de la trampa. Tigre Cormac rio horriblemente y el jefe McGinty le tapó la boca con su enorme mano.

—¡Guarde silencio, idiota! —susurró—. ¡Lo arruinará todo!

Escucharon un murmullo de conversación en la habitación contigua. Parecía interminable. Luego, se abrió la puerta y apareció McMurdo, con un dedo en los labios.

Se acercó al extremo de la mesa y los miró. Había sufrido un sutil cambio. Su actitud era la de alguien que tiene que hacer un gran trabajo. Su rostro había adquirido la dureza del granito. Sus ojos brillaban con una excitación salvaje detrás de sus anteojos. Se había convertido claramente en un líder de hombres. Lo observaron con gran interés, pero no dijo nada. Con la misma mirada singular continuó observando a cada uno de los hombres.

—¿Y bien? —exclamó por fin el jefe McGinty—. ¿Está aquí? ¿Está Birdy Edwards aquí?

—Sí —contestó McMurdo lentamente—. Birdy Edwards está aquí. ¡Yo soy Birdy Edwards!

Hubo diez segundos después de ese breve discurso en que la habitación pareció vacía, tan profundo era el silencio. El silbido agudo y estridente del hervidor sobre la estufa llegó hasta sus oídos. Siete rostros pálidos, vueltos hacia ese hombre que los dominaba, estaban inmovilizados por el terror. Luego, con una repentina explosión de vidrio, una gran cantidad de rifles atravesó cada una de las ventanas al mismo tiempo que las cortinas eran arrancadas.

Ante esa visión, el jefe McGinty rugió como un oso herido y se abalanzó hacia la puerta entornada. Un revólver lo recibió con los duros ojos azules del capitán Marvin de la Policía del Carbón y el Hierro brillando detrás de la mira. El jefe dio un paso hacia atrás y se dejó caer en su silla.

—Está más seguro allí, concejal —dijo el hombre que habían conocido como McMurdo—. Y usted, Baldwin, si no quita la mano de su arma, le ahorraré trabajo al verdugo. Sáquela o juro por Dios que... así está mejor. Hay cuarenta hombres armados alrededor de la casa, así que pueden calcular por ustedes mismos cuántas posibilidades tienen de escapar. ¡Marvin, quíteles las pistolas!

Cualquier tipo de resistencia era inútil bajo la amenaza de esos rifles. Los hombres fueron desarmados. Malhumorados, avergonzados y asombrados, permanecieron sentados alrededor de la mesa.

—Me gustaría decirles unas palabras antes de que nos separemos —dijo el hombre que los había atrapado—. Supongo que no volveremos a vernos hasta que comparezca ante el tribunal. Les daré algo para que piensen hasta

entonces. Ahora saben quién soy en verdad. Por fin puedo poner mis cartas sobre la mesa. Yo soy Birdy Edwards, de Pinkerton. Me eligieron para destruir su banda. Tuve que jugar un juego muy complicado y peligroso. Ni un alma, ni una sola alma, ni las más cercanas y queridas, sabían que lo jugaba excepto el capitán Marvin y mis jefes. Pero ¡gracias a Dios ha terminado y soy el vencedor!

Los siete rostros pálidos y rígidos lo miraron. Había un odio infinito en sus ojos. Leyó la amenaza implacable.

—Quizá crean que el juego aún no ha terminado. Bueno, me arriesgo a eso. De cualquier modo, algunos de ustedes no volverán a participar en él y hay sesenta más que conocerán el interior de la cárcel esta misma noche. Les diré esto: cuando me encargaron este trabajo, no creía que existiera una sociedad como la de ustedes. Pensé que eran habladurías de los periódicos y que yo podría comprobarlo. Me dijeron que tenía que ver con los Hombres Libres y por eso fui a Chicago para afiliarme a ellos. Entonces, estaba más convencido que nunca de que eran simples chismes, pues no hallé nada malo en esa sociedad, sino mucho bien.

»De todas maneras, debía hacer mi trabajo y me vine a los valles carboníferos. Cuando llegué aquí, me di cuenta de que me había equivocado y que no era todo una novela de diez centavos. Por lo tanto me quedé para investigar. Jamás maté a un hombre en Chicago. Jamás falsifiqué un dólar en mi vida. Los que les di eran tan buenos como cualquier otro, pero nunca gasté mejor mi dinero. Conocía la manera de obtener su buena voluntad e inventé la historia de que la ley me perseguía. Todo funcionó exactamente como lo había planeado.

»Me hice miembro de su logia infernal y tomé parte en sus consejos. Quizá dirán que yo era tan malo como ustedes. Pueden decir lo que quieran, ahora que los he atrapado. Pero ¿qué es la verdad? La noche en que me afilié, ustedes apalearon al viejo Stanger. No pude advertirle porque no había tiempo, pero detuve su mano, Baldwin, cuando quiso matarlo. Si alguna vez sugerí cosas para mantener mi posición entre ustedes, siempre sabía que era capaz de evitarlas. No pude salvar a Dunn y a Menzies, porque no tenía suficiente información, pero me aseguraré de que ahorquen a sus asesinos.

Advertí a Chester Wilcox para que, cuando volara su casa, él y su familia estuviesen a salvo. Hubo muchos crímenes que no pude evitar, pero si miran hacia atrás y piensan en todas las veces en que el hombre que buscaban se dirigió a casa por otro camino o estaba en el pueblo cuando ustedes fueron a buscarlo, o se quedó dentro de su casa cuando pensaban que saldría, verán mi trabajo.

—¡Maldito traidor! —siseó McGinty a través de sus labios cerrados.

—Sí, John McGinty, puede llamarme así si alivia su dolor. Usted y los de su calaña han sido los enemigos de Dios y del hombre en estas tierras. Era necesario que alguien se interpusiera entre usted y esos pobres diablos, hombres y mujeres, que tenía bajo su yugo. Solo había una manera de hacerlo, y yo lo hice. Usted me llama traidor, pero supongo que habrá muchos miles que me llamarán el liberador que bajó al infierno para salvarlos. He soportado tres meses esto. No pasaría otros tres meses así aunque me permitieran rondar libremente por la tesorería de Washington como recompensa. Me tuve que quedar hasta que conseguí todo, cada hombre y cada secreto en la palma de mi mano. Hubiese aguardado un poco más si no me hubiesen llegado noticias de que mi secreto corría peligro. Había llegado una carta a este pueblo que los alertaría a todos sobre mi identidad. Por esa razón tuve que actuar y hacerlo rápidamente.

»No tengo nada más que decirles, excepto que, cuando llegue mi momento, moriré con mayor tranquilidad cuando piense en todo lo que he hecho en este valle. Ahora, Marvin, no lo retendré por más tiempo. Arréstelos y termine con todo esto.

Queda poco que contar. A Scanlan le habían dado una carta sellada para que la dejara en la casa de la señorita Ettie Shafter, una misión que había aceptado con un guiño y una sonrisa cómplice. A primera hora de la mañana, una hermosa mujer y un hombre muy abrigado tomaron un tren especial que había enviado la compañía ferroviaria e hicieron un rápido viaje sin interrupciones fuera de la tierra del peligro. Fue la última vez que Ettie o su enamorado pusieron pie en el valle del miedo. Diez días después se casaron en Chicago, con el viejo Jacob Shafter como testigo de la boda.

El juicio de los Scowrers se llevó a cabo lejos del lugar donde sus seguidores podrían haber aterrorizado a los guardianes de la ley. Lucharon en vano ya que el dinero de la logia —exprimido por medio de chantajes a todos los habitantes de los alrededores— fue derrochado como agua para intentar salvarlos. Aquella declaración fría, clara y desapasionada de uno que conocía cada detalle de sus vidas, su organización y sus crímenes se mantuvo firme ante todos los ardides de los defensores. Finalmente, después de todos esos años, estaban destruidos y dispersos. La nube había desaparecido del valle para siempre.

McGinty halló su suerte en la horca, arrastrándose y gimoteando cuando llegó su última hora. Ocho de sus seguidores principales compartieron el mismo fin. Alrededor de cincuenta de ellos obtuvieron distintas condenas de prisión. El trabajo de Birdy Edwards había concluido.

Y sin embargo, como había adivinado, el juego aún no terminaba. Faltaba que se jugara otra mano, y otra, y otra más. Ted Baldwin, por ejemplo, escapó de la horca, también los Willaby y algunos de los otros espíritus más salvajes de la banda. Durante diez años estuvieron apartados del mundo, pero llegó el día en que fueron libres nuevamente, un día que Edwards, que conocía a sus hombres, estaba seguro de que significaría el fin de su pacífica vida. Habían jurado por todo lo que consideraban sagrado conseguir su sangre como venganza por sus camaradas. ¡Y bien que se esforzaron por mantener esa promesa! Lo obligaron a huir de Chicago tras dos atentados que estuvieron tan cerca de ser un éxito que no cabía duda de que en el tercero lo conseguirían. De Chicago se fue, con otro nombre, a California, y fue allí donde se desvaneció la luz de su vida por un tiempo al morir Ettie Edwards. De nuevo fue casi asesinado y otra vez bajo el nombre de Douglas trabajó en un cañón solitario donde, con un compañero inglés llamado Barker, amasó una enorme fortuna. Finalmente, le llegó una advertencia de que los sabuesos estaban sobre su rastro otra vez y se fue, justo a tiempo, a Inglaterra. Y allí apareció el John Douglas que, por segunda vez, se casó con una valiosa esposa y vivió cinco años como un caballero rural de Sussex, una vida que terminó con los extraños acontecimientos que ya hemos escuchado.

Epílogo

———— ⟅⟆⟅⟆⟅⟆ ————

El juicio policial concluyó y el caso de John Douglas fue sometido a un tribunal superior. Así se celebraron las Sesiones Cuatrimestrales, en las cuales fue absuelto por haber actuado en defensa propia.

«Sáquelo de Inglaterra, a toda costa», le escribió Holmes a la esposa. «Hay fuerzas aquí que pueden ser más peligrosas que aquellas de las que ha escapado. Su esposo no está seguro en Inglaterra.» Habían pasado dos meses y el caso en cierta medida había desaparecido de nuestras mentes. Entonces, una mañana apareció una extraña nota en nuestro buzón.

«¡Válgame Dios, Sr. Holmes, válgame Dios!», decía esta singular epístola. (No tenía ni sobrescrito ni firma. Me reí ante el pintoresco mensaje, pero Holmes reaccionó con una seriedad inusitada.)

—¡Maldad, Watson! —comentó, y permaneció sentado mucho tiempo con el ceño fruncido.

Esa misma noche, la Sra. Hudson, nuestra ama de llaves, nos trajo un mensaje que decía que un caballero deseaba ver a Holmes y que el asunto era de la máxima importancia. Inmediatamente detrás de su mensajero, llegó el Sr. Cecil Barker, nuestro amigo de Manor House, la casa rodeada de foso. Su rostro estaba demacrado y fatigado.

—Me han llegado malas noticias, noticias terribles, Sr. Holmes —dijo.

—Me lo temía —contestó Holmes.

—¿Le ha llegado algún telegrama?

—Me ha llegado una nota de alguien que sí ha recibido uno.

—Es el pobre Douglas. Me dicen que su nombre es Edwards, pero para mí siempre será el Jack Douglas de Benito Cañón. Le conté que se fueron juntos a Sudáfrica en el Palmyra hace tres semanas.

—Exacto.

—El barco llegó a Ciudad del Cabo anoche. Recibí un telegrama de la Sra. Douglas esta mañana:

> Jack ha caído por la borda durante un vendaval cerca de Santa Helena. Nadie sabe cómo ha ocurrido el accidente.
>
> Ivy Douglas

—¡Ja! Ocurrió así, ¿no? —dijo Holmes pensativamente—. Bueno no tengo dudas de que fue bien planeado y escenificado.

—¿Quiere decir que no cree que haya sido un accidente?

—Por nada en el mundo.

—¿Fue asesinado?

—¡Sin duda!

—Yo pienso lo mismo. Estos Scowrer infernales, ese maldito nido de criminales vengativos...

—No, no, mi querido señor —dijo Holmes—. Aquí participó una mano maestra. Este no es un caso de escopetas serradas y torpes pistolas de seis tiros. Puede reconocer a un maestro por el trazo del pincel. Puedo distinguir un Moriarty a primera vista. El crimen es londinense, no norteamericano.

—Pero ¿por qué motivo?

—Porque fue llevado a cabo por un hombre que no puede permitirse el lujo de fracasar, alguien cuyo cargo especial depende del hecho de que sea un éxito todo lo que haga. Un gran cerebro y una enorme organización se han dedicado a la destrucción de un hombre. Es como aplastar la nuez con un martinete, un absurdo exceso de energía, aunque la nuez fue finalmente aplastada.

—¿Por qué se enredó ese hombre en el asunto?

—Solo puedo decir que la primera advertencia que tuvimos de este asunto nos llegó a través de uno de sus lugartenientes. Estos norteamericanos estaban bien aconsejados. Dado que tenían un trabajo inglés por delante, se asociaron, como lo haría cualquier criminal extranjero, con ese gran asesor del crimen. Desde aquel momento, el hombre estaba condenado. Primero, se contentaría con usar su maquinaria para hallar a la víctima. Luego, indicaría una posible solución al problema. Finalmente, cuando leyera en los periódicos sobre el fracaso de su agente, él mismo tomaría el asunto en sus manos con un toque maestro. Usted me oyó decirle a este hombre en Birlstone Manor House que el peligro que venía era mayor que el pasado. ¿Tenía razón?

Barker se golpeó la cabeza con el puño apretado, embargado por un sentimiento de ira e impotencia.

—¿Me está diciendo que debemos mantenernos callados sobre esto? ¿Me está diciendo que nadie jamás podrá vengarse de este rey de los diablos?

—No, no digo eso —contestó Holmes, y sus ojos parecían estar mirando hacia el futuro—. No digo que no pueda ser vencido. Pero debe darme tiempo, ¡debe darme tiempo!

Todos permanecimos sentados en silencio algunos minutos mientras aquellos ojos proféticos continuaban esforzándose por traspasar el velo.